Otto Tschirch

Saldria in drei Jahrhunderten

Historisches Festspiel in 3 Bildern und einer verbindenden

Zwischenhandlung

Otto Tschirch

Saldria in drei Jahrhunderten
Historisches Festspiel in 3 Bildern und einer verbindenden Zwischenhandlung

ISBN/EAN: 9783744615600

Hergestellt in Europa, USA, Kanada, Australien, Japan

Cover: Foto ©Andreas Hilbeck / pixelio.de

Weitere Bücher finden Sie auf **www.hansebooks.com**

Saldria

in drei Jahrhunderten.

Historisches Festspiel in 3 Bildern und einer verbindenden Zwischenhandlung.

Der Saldria zum Ablauf des dritten Säkulums

gewidmet von

Dr. Otto Tschirch,

ord. Lehrer am Saldernschen Realgymnasium.

Zur Feier des dreihundertjährigen Bestehens der Saldernschen Schule

zu Brandenburg a. d. H. aufgeführt am 3. Juli 1889 von Schülern der Anstalt.

Brandenburg a. d. H. 1889.

In Kommission bei Rud. Koch's Hofbuchhandlung
(G. Cräbe).

Vorbemerkung.

Wenn das vorliegende Festspiel auf Wunsch eines hochherzigen Gönners der Anstalt, der die Kosten zu decken übernommen hat, im Druck erscheint, so sei dem Verfasser die Versicherung gestattet, daß das Werkchen keinerlei literarische Ansprüche erhebt. Bei dem Durchforschen der wechselvollen und merkwürdigen Geschichte unsrer Anstalt kam dem Unterzeichneten der Gedanke, es müsse möglich sein, den Schülern und den Genossen unsrer Jubelfeier von der reichen Vergangenheit der Schule ein lebendigeres und eindrucksvolleres Bild zu geben, als es wissen=schaftliche Darstellung vermag. Die Schüler sollten, wie sie im Mittelpunkt der Schularbeit stehen, so auch im Festesjubel vor allen andern thätig erscheinen, und indem sie selbst spielend auftraten und das Schulleben früherer Jahrhunderte darzustellen hatten, in die Geschichte der Anstalt tiefer eingeweiht und mit der Schule inniger verbunden werden.

Der Eifer und die begeisterte Hingabe, mit der unsre Zöglinge diesen Gedanken zur Ausführung gebracht haben, die freundliche Teilnahme, mit welcher die Festversamm=lung den dramatischen Bildern aus der Vorzeit der Schule gefolgt ist, werden dem Verfasser immer eine seiner schön=sten Lebenserinnerungen bleiben. Und darum hat er es mit Freuden begrüßt, daß der Edelsinn eines alten Saldri=aners es ermöglicht, die kleine Dichtung den Schülern als Gedenkblatt an die schöne Jubelfeier von 1889 in die Hand zu geben. —

Der Unterzeichnete darf nicht verschweigen, daß er mehreren seiner Amtsgenossen für wertvollen, künstlerischen Beirat verpflichtet ist, vor allen andern dankt er Herrn Dr. Zimmermann, der an der Gestalt des französischen Hofmeisters im zweiten Bilde den wesentlichsten Anteil hat und auch sonst ihm allezeit mit liebenswürdiger Be=reitwilligkeit zur Seite gestanden hat.

Im August 1889.

Dr. O. Tschirch.

Perſonen der Zwiſchenhandlung.

Ein Feſtgenoſſe.
Der Roland von Brandenburg.

Ort der Zwiſchenhandlung: Der Humboldtshain, in der Nähe der Saldria.

Zeit: Die Nacht vom 3. zum 4. Juli 1889.

Die Bühne iſt in einen vorderen und einen hinteren Teil ge=
gliedert. Die Vorderbühne wird nach hinten durch die Kuliſſe des Hum=
boldtshains abgeſchloſſen; bei Beginn der drei Bilder erhebt ſich dieſer
Hintergrund, und die hintere Bühne wird ſichtbar.

Vorspiel.

Ein Festgenosse.

Gott grüße dich, mein altes Brandenburg!
So viele Jahre war ich fern da draußen,
Nun bin ich endlich heim zu dir gekehrt.
Hier hab' ich einst die Kinderzeit verträumt,
Hier bin zum Manne ich herangereift.
Doch dann verschlug ein feindliches Geschick
Mich in die öde Ferne manches Jahr.
Wie oft hab' ich im Sehnen mich verzehrt,
Noch einmal zu erschaun die süße Heimat.
Nun grüß ich sie, im Innersten beglückt.
Vor wen'gen Monden war's, am grünen Rhein,
Da schlug die frohe Kunde an mein Ohr,
Daß die geliebte Schule, die ich einst
Als Kind besucht, zur seltnen Jubelfeier
Im Festesschmuck sich rüste. · Alle Söhne
Von nah und fern rief fröhlich sie herbei.
Der Lockung konnt' ich nimmer widerstehn.
Wie mich auch fesselt des Berufes Pflicht,
Die Ketten warf ich ab, um all die Freunde,
Die einst mir wert, heut jubelnd zu begrüßen.
Doch da ich ankam, war's schon tiefe Nacht,
Und keinen Festgenossen fand ich in der Stadt.
So hab' ich noch gemach die breiten Straßen
Durchstreift und still der alten Zeit gedacht.

Die ganze Stadt in schmuckem Festgewande;
Ja selbst das alte Rathaus war mit Fahnen
Geputzt und schaute freundlich drein. —
Doch seltsam!
Das graue Steinbild vor dem Haus, der Roland,
Blickt' nicht so leblos starr wie sonst. Die Brünne
Erglänzt' gespenstig in dem Sternenschein,
Und mit dem Schwerte schien er mir zu winken.
Fast graust' es mir! — Da hob ich mich von dannen,
Und bald gelangt' ich zu der breiten Brücke.
Lang' hab' ich am Geländer dort gelehnt
Und in das schöne Bild mich ganz versenkt,
Das noch aus alter Zeit im Sinn mir lebt.
Die stolze Saldria dort drüben ragt,
Mit Fahnen und Gewinden reich geschmückt
Und dicht dabei der ernste Kirchenbau,
Einst aufgeführt in altersgrauen Tagen.
Tief unten rauscht die Havel still vorbei,
Und drüber strahlt des Mondes bleiche Sichel.
Doch endlich zog's mich an dem Haus vorüber,
Und in des Haines Düster trat ich ein.
Nun atm' ich wonnig all' die süßen Düfte,
Die von dem Rosenbusch herüberwehn. —
Welch hold geheimnisvolle Nacht! — Der Strom
Wälzt zögernd seine Fluten nur vorüber,
Als wollt' verweilen er und mitgenießen
Den Traum der wundersamen Sommernacht.
Aus dem Gewässer steigen feuchte Nebel
Gespenst'gen, weißen Frauen gleich herauf
Und schlagen einen Schleier um mich her.
Ganz still ist's nun. Das schwärmerische Lied
Der Nachtigall dort in dem Busch erstarb.
(Es schlägt zwölf.)
Doch drüben horch! Vom Katharinenturme
Erklingt der Kirchenglocke eh'rner Mund.
Die zwölfte Stunde ist's! Ein Schauer faßt mich an,

Wie in der Jugendzeit, da Märchen mir
Der Geisterstunde Schrecken noch erweckten. —
Sieh dort die Salbria am Hain; schon ist sie
Vom Nebel auch verschleiert, und der Mond
Blinkt nur als Stern noch durch den Riß der Wolken. —
Und jetzt —, täuscht mich mein aufgeregtes Ohr?
Welch leises Dröhnen schallt den Weg herauf
Und nähert sich der Stelle, da ich stehe?
Was seh ich? Aus dem Dunkel tritt's hervor,
Schwerfällig schlürft ein Riesenschuh den Boden,
Ein Riesenleib von Stein schleppt sich heran
Mit grauem Panzer und ein Schwert in Händen —
Der Roland ist's! — — — — (Er wendet sich zurück.)
Nicht doch! Der Nebel hat dir's angethan!
Schau nochmals hin! Sei kein Gespensterthor! —
(Schaut sich wieder um. Der Roland tritt auf.)
Wahrhaftig! Nein, es ist kein Trug! — Er ist's!
Der tote Stein, er lebt und wandelt dort!
Die starren Augen scheinen matt zu glühn,
Und sieh! Den Riesenarm hebt er empor
Und schwingt das Schwert dort zu dem Hause hin,
Nicht ernst und düster, drohender Gebärde —
Nein, mild und ruhig wie zum Segensspruch. —
Wag' ich's, ihn anzureden? — Fast erstarrt
Das Blut in Grausen mir, was ich erschau. —
Doch wenn's ein Blendwerk meiner Sinne wäre? —
— Ich wag's! Ich geh heran! Schon wendet
Der Ries' sich um und hat auch mich erblickt!

Der Roland.

Wer bist du, winz'ger Staubgeborner, der
Der Geister mitternächt'ge Pfade kreuzt?
(Der Festgenosse zögert.)
So sprich! —

Festgenosse.

Kein Fremdling bin ich dir, o hoher Geist,
Doch kehrt' ich heut erst zu der Heimat Flur,

Da manches Jahr ich in der Ferne weilte. —
Du siehst mich von Erstaunen ganz befangen,
Welch Wunder sich vor meinem Aug' begiebt! —

Roland.

Kurzsicht'ge Thoren ihr, die ihr den Blick
Nicht von der Erde Staub zu heben wagt.
Die Geisterwelt, sie lebt dem wachen Auge,
Das siegreich durch des Nebels Dunkel bringt.

Festgenosse.

Ich glaube, was ich seh; doch sage mir,
Wenn Geistermund dem Menschen Antwort giebt:
Du hast die Gassen ungesehn durchschritten,
Wo hier und da die Menge noch sich drängt?

Roland.

Nur seltnen Menschen ist's vergönnt, die Geister
Bei ihrer nächt'gen Wand'rung zu belauschen.
Ich glaub' fürwahr, du bist ein Sonntagskind,
Daß dir der Sinn zu unsrer Welt erschlossen.

Festgenosse.

Das mag wohl sein; die Mutter scherzte oft,
Daß ich am Tag' des Herrn geboren sei!
Doch hab' bis heute niemals ich der Wunder
Geheimnisvolle Welt erschaut. O sag',
Wie faß ich's nur? Du scheinst ein güt'ger Geist,
Gern möcht ich dir vertrauen, daß nicht Verderben
Und grausige Vernichtung dein Geschäft.
Doch ist's denn wahr, wie ich nun glauben muß
Daß Menschenlos dein steinern Herz ergreift? —
Und hat der Tag, der alle Brandenburger
Zu hohem Freudenrausch erregt, auch dich
Vom Platz getrieben, den du manch Jahrhundert
Getreu bewacht?

Roland.

Du sagst es, drum vernimm
Des Steins Geheimnis, das er lang bewahrt.
's ist wahr! Viel hundert Jahre steh' ich dort
Vor jenem Haus, da der Gemeinde Väter
Zum Wohl der Stadt in ernstem Rate tagen.
Einst als der Markgraf unsrer alten Stadt
Den Blutbann lieh, da ward ich aufgestellt
Ein Zeichen ihrer Willkür und Gerechtsam'.
Und wie die Bürger selbst im Drang' der Zeit
Mit Schwert und Schild dem bösen Nachbar wehrten
Und manche Nacht am Thore Wacht gehalten,
So sollt' ich ihnen gleich am Rathaus steh'n
Mit eh'rner Rüstung stattlich angethan.
Doch niemand ahnte, daß im Leib von Stein
Ein guter Geist nun seine Wohnung nahm,
Der Brandenburgs Gedeihn im Herzen trug.
Hei! wie so stürmisch schlug mein steinern Herz,
Wenn vom Kathrinenturm der Wächter blies
Und die Geschlechter und die Viergewerke
Mit ihren Bannern in den Kampf hinaus
Zu wildem Schwerteshiebe zogen. Oft
Hab', allen ungesehn, ich sie geleitet.
Und wenn am Wernitzwald der Bürger Ruhm
Weit durch die Marken scholl, der Roland war's,
Der dort dem Feind die tiefsten Wunden schlug.

(Bei den letzten Worten klirrt unter heftiger Bewegung des Riesen die
Rüstung dumpf. Der Roland schwingt sein Schwert hoch zu Häupten.)

Festgenosse.

Welch mächtig Leben plötzlich in dich strömt!
Wie Feuerwein scheint die Erinnerung
Die lang erstarrten Glieder zu durchglühn.

Roland (wieder absinkend).

Doch eine andre Zeit zog mählich dann
Herauf; des Bürgers Schicksalssterne sanken.
Nicht schwang er mehr im Kampf die Hellebarde;
Scheu barg er sich in seiner Mauern Ring.
Nun wuchs ein fremd Geschlecht empor; der Harnisch
Paßt nimmer zu dem mod'schen Kleid; doch ich
Stand einsam an den alten Platz gebannt,
Ein Kind der einst'gen längst vergess'nen Zeit.
Nicht kämpfen kann ich mehr für meine Stadt,
Denn ungefüge Kraft muß unterliegen
Vor Menschenwitz und ungetreuer List.
Vergebens rüttl' ich an des Steins Gefängnis
Umsonst: — der Riesenglieder Kraft entschwand. —
Nur eins ist mir geblieben, die Vergangenheit,
An der ich sinnend mich ergötzen mag.
Und wenn der Glocken voller Ton erklingt
Und ein Jahrhundert weihevoll beschließt,
Dann brech ich freudig meines Steines Haft,
Dann wandl' ich durch die Straßen Brandenburgs
Und wirke Segen sterblichen Geschlechtern,
Die schon von je mein stolzes Herz geliebt.

Festgenosse (ergriffen).

O, edler Geist, du sahst Jahrhunderte
In ew'gem Wechsel auf und niedersteigen.
So viele Menschen sahst du blühn und welken;
Und doch lebt dir ein Herz im Steine, das
Der Erdenkinder Wohl und Wehe fühlt.
So trieb's auch heute dich, da alles froh
Den Jubeltag der Saldria begeht,
In stiller Nacht der Schule Bau zu grüßen.

Roland.

Ja! Sterblicher! Mit heil'ger Geisterweihe
Bin grüßend ich der Saldria genaht
Und hab' des Glückes Fülle ihr erfleht.

Feſtgenoſſe.

Dank, hoher Held, für deinen Segensgruß,
Der für die künft'ge Zeit das Haus geweiht!
Doch, eh du mir entfliehſt, ſei hold mir noch!
Der heut'ge Jubel ruft der alten Zeiten
Verſchollne Kunde wieder uns herauf.
Ach! wenn man die Vergangenheit zu ſchaun
Vermöcht', wie ſie in Luſt und Leid gelebt,
Wie ſie gekämpft, wie ſie den Sieg errungen.
Das, dünkt mich, Alter, wär' ein herrlich Bild.
Du biſt darum beglückt zu preiſen; denn
Was Brandenburg erlebt, haſt du geſehn.

Roland.

Ich hab's erſchaut, und meiner Stadt Geſchick,
Tief eingeſenkt iſt's in des Herzens Schrein.
Doch heute ſteigt all der Geſtalten Schar,
Die einſt gelebt, im Buſen mir herauf,
Und bannen nicht mag ich der Geiſter Drang. —
Die Saldrin, unſrer Schule Stifterin,
Und ihren Freund, den weiſen Bürgermeiſter,
Der Brandenburg mit hohem Ruhm regiert.
Ihm dankt die Stadt das herrliche Gebäude,
Das jene Frau uns gütig zugewandt.
Und weiter ſchau' ich all' die ernſten Männer,
Die unſre Jugend unterwieſen einſt,
Und manchen übermüt'gen Knaben, den
Des Lebens Schickſal ernſt gemacht und dem
Zuletzt auch an der Schule war ein Grab
Zur ew'gen Ruh' bereit! — Vorüber ihr!
S'iſt gar ein langer Zug! Und in die Schule
Blick' ich hinein, wie ſie zu hoher Blüte
Hinaufgeſtrebt und wieder tief geſunken,
Den bittern Leidensbecher ausgekoſtet. —
Möcht'ſt du erſchauen wohl, was mich bedrängt?

Festgenosse.

O starker Ries', der du so gütig scheinst!
Erfüll dem Erdenkinde das Verlangen,
Das allgewaltig ihn ergriffen hat!
O öffne mir das Aug', daß es erblicke,
Was unsre Schul' in alter Zeit erlebt.
Dann will den guten Geist ich allzeit preisen,
Der mich mit sel'gem Schau'n begnadet hat.

Roland.

Die Bitte sei gewährt! Dir war's verlieh'n,
Dem Riesen zu begegnen, der die Nacht
Durchwandelt, um die Salbria zu grüßen,
Die deiner Jugend Bildungsstätte war.
Rein ist dein Herz und rein des Auges Stern! —
(Er wendet sich nach hinten und erhebt die Hände zur Beschwörung.)
So schwebt denn auf, ihr flatternden Gestalten,
Steigt aus der nächt'gen Tiefe mir empor!
Gehorcht dem Geist, der mächtig euch beschwört,
Nehmt Sprache an und lügt des Lebens Schein!
Laßt schauen uns der Vorzeit Not und Glück,
Wie Salbria entstand, wie sie erblüht,
Was sie erfuhr in drei Jahrhunderten,
Die seit der Stiftung heut' herabgerauscht. —
Vom Auge nehm' ich dir der Blindheit Hülle
Und hell erscheine der Gesichte Fülle!

(Die Bühne öffnet sich. Das erste Bild beginnt. Roland und
Festgenosse treten in die Kulisse zurück.)

Die Gründung Saldriens.

1589.

Die Gründung Saldriens

1589.

Personen:

Simon Roter, Bürgermeister der Altstadt Brandenburg.
Zacharias Garcäus, Stadtschreiber.
Caspar Prätorius, Rektor der Stadtschule.
Barbara, sein Weib, Simon Roters Tochter.
Barthel Kuhlemey, Chorwächter.
Ursula Frieseckin, }
Anna Krusin, } Bürgerfrauen.
Adam Haveland, Präfekt des Schülerchors.
Asmus Dietrich, Sohn des Bürgermeisters }
Jürgen Schütze, Famulus des Rektors }
Mathes Lange, } Schüler.
Achim Boldeke, }

Der Schülerchor, bestehend aus zwölf Knaben.
Bürger.

Ort der Handlung: Markt der Altstadt Brandenburg.

Im Hintergrunde das Rathaus. Rechts vorn das Haus des Rektors Prätorius, links hinten das des Stadtschreibers Garcäus.

Erste Scene.

Asmus Dietrich, Jürgen Schütze, Mathes Lange, Achim Boldefe
(kommen mit ihrem Ranzen aus der Schule). — Zuletzt: **Barbara.**

Asmus.

Gelt, Jürgen, heute war's schön in der Schule.

Jürgen (vergnügt).

Wahrhaftig! Das hat mir besser behagt, als distin=
guieren und konstruieren und exponieren und die alten
praecepta dialectices, die einem im Kopfe so weh thun.

Achim.

Was habt ihr denn getrieben, Asmus?

Mathes.

Ja, sag's uns doch!

Asmus.

Spitzt nur die Ohren, ihr kleinen Schützen! Eine
Comœdia wird's geben, eine Comœdia, und eine deutsche.

Mathes.

Eine Comœdia? Juchhei! Das wird eine Freude
werden!

Jürgen.

Ja! Die Neustädter Schüler haben schon lange so
schöne Comœdias, in Latein und in Deutsch auf dem Rat=
hause agieret, und das war gar herrlich. Ich hab' letzte

Faſtnacht an der Thüre geſtanden und zugeſchaut. Es
war wunderſchön, — aber ſehr langweilig. Denn es
war alles Latein, und der alte, dicke Bürgermeiſter Lucas
Scholle ſchnarchte wie ein Murmeltier. Er hat Latinam
linguam ſchon lange vergeſſen, und wenn er's hört, dann
ſchläfert ihn gleich).

Mathes.

Hoho! Was die Neuſtädter Grünſchnäbel können, das
machen wir noch beſſer! Warum haben wir uns denn
noch gar nicht daran gewagt?

Asmus.

Das ſag ich auch! Aber der Rektor meinte, wir hätten
nur lauter kleine Schützen. Es kommen wohl große
Bacchanten; aber der Schmutz und die Flöhe in der
Schule treiben ſie immer wieder fort, und ſo kleine dumme
Buben wie ihr, können noch nicht agieren!

Achim.

Hoho! Das wollen wir ſehen, Mathes! Wir wollen
auch mitſpielen!

Mathes.

Aber was ſoll denn für eine Comœdia gegeben werden?

Jürgen.

Ach eine gar feine!

Achim.

Wohl von unſerm Magiſter, der ſo ſchöne Verſe
macht?

Jürgen.

Nein, Achim! Der dichtet nur lateiniſch. Das Spiel
iſt von einem Schuſter aus Nürnberg.

Mathes.

Von einem Schuſter? Ha ha ha ha! (ſie lachen.)

Asmus.

Ja, der Rektor sagt's. Ich glaub's aber auch nicht! Wo soll der die Gedanken herkriegen!

Jürgen.

Adam und Eva kommen drin vor, und der gute Abel mit seinen frommen Brüdern und der böse Kain mit seiner Rotte.

Asmus.

Ja, und der liebe Herrgott und die Engel und Satan werden auch vorgestellet. Wir brauchen 19 Personen.

Achim.

Holla! Mathes, da kommen die Schützen auch dazu, wenn es so viel sind. Ach! wenn ich doch einen Bruder von Abel spielte!

Mathes.

Ja, und ich auch!

Asmus (zu Achim gewendet).

Du kleines Mutterkalb! Dich brauchen wir nicht!

Achim.

Du grober Asmus, wir wollen den Rektor schon bitten!

Asmus.

Ja! Wenn dein Vater Bürgermeister wäre, wie meiner, dummer Achim! (Prahlend.) Ich will den Engel Gabriel wohl spielen, ich!

Jürgen.

Du Prahler du! Warum nicht gar den lieben Herrgott?

Asmus (hämisch).

Aber die Leineweber, Achim, hör', die Leineweber

2

können wir dazu nicht brauchen! Die müssen am Galgen die Leiter halten, wenn ein Übelthäter abgethan wird.

Achim (aufgeregt).

Warte nur, Asmus! Du sollst meinen Vater mit deinem Lästermaul nicht kränken!

Asmus (faßt Achim an).

Du winziger Schütze! Ich will dich auf dein Maul wohl klopfen!

Jürgen.

Laß den Kleinen, Asmus! Pfui, du Feigling! Laß ihn los! Sonst helfe ich ihm!

Barbara (ruft aus dem Hause).

Jürgen, Jürgen!

Asmus.

Komm' nur! Ich bin der Sohn vom Bürgermeister! Ich schlage, wen ich will! — (Zu Jürgen.) Und du hergelaufener Bacchant sollst mir's nicht wehren! — Wo sind deine Eltern, he?

Jürgen (wirft sich auf Achim).

Warte nur, du arger Schelm! Dich will ich bläuen!

Barbara (aus dem Fenster).

Jürgen! komm herein!

Asmus (wehrt ihn ab).

Laß mich, Jürgen! Ich bin der Sohn des Stadtherrn. (Sehr laut.) Hilfe! Hilfe! Hilfe!

Jürgen (indem er ihn prügelt).

Ein Taugenichts, der die kleinen Schützen stößt und die armen Leute hänselt. — Jetzt salb' ich dir den Rücken! —

Zweite Scene.

Caspar Prätorius (kommt über den Markt). **Die Vorigen.** (Sobald Prätorius sichtbar wird, laufen die beiden Kleinen davon.)

Prätorius.

Quid agitis, pueruli! Jürgen! Asmus! — Quos ego! — Ne rixas committatis in plateis publicis! — Meine große Bacchanten prügeln sich auf dem Markte!

Asmus (trotzig).

Domine, er hat mich hier vor dem Rathause über-fallen wie ein Schnapphahn! Ich will's meinem Vater klagen; der wird mir Recht schaffen.

Prätorius.

Sag, Jürgen, wie kannst du auf der Straße Zank anfangen? Der Famulus Rectoris vergißt alles decorum und schlägt den Custos. — Mehercle! — Die Rute ge-bührt dem Übermute!

Jürgen.

Domine —

Barbara (kommt aus dem Hause).

Verzeih, mein Eheherr! Ich sah den Zank. Asmus schmähte den kleinen Achim gar ungebührlich, weil er eines Leinewebers Sohn. Jürgen half dem Büblein und hörte von dem Übermütigen selbst Lästerworte. Da hat ihn die Hitze übermannt.

Prätorius.

Doch ziemt's sich wahrlich, daß die alumni primae et secundae classis besseres Beispiel geben: Mag's jetzt drum sein! — Geh nun, Asmus, und halt dich nicht für was Besseres als die armen Leute, weil dein Vater ein

2*

Hochgebietender. Und du, Jürgen, rasch ins Haus hinein, mach dein Argument, und warte, was Mutter Barbara dir zu thun giebt.

Asmus (im Abgehen, boshaft).

Wart', Jürgen, das will ich dir gedenken! (Jürgen geht ins Haus.)

—————

Dritte Scene.

Caspar Prätorius. Barbara.

Prätorius.

's ist arg mit dem Knaben, Barbara. Sein toller Mut schafft uns Ungelegenheit. Der Asmus wird's dem Vater klagen, und der hält dem frechen Buben die Stange!

Barbara.

Nun, der boshafte Asmus hat diesmal seine Lektion verdient.

Prätorius.

Ist's aber nicht täglich so? Wenn sie sich mit den Neustädter Buben balgen, ist er immer allen voran! —

Barbara.

Ja, wild und keck ist Jürgen, und voller Schelmen=streiche, aber ich kann ihm nicht gram sein, er hat so treue Augen. — Und denk', wie ist der arme Bub in der Wildnis herumgestoßen worden, eh' er zu uns kam!

Prätorius.

Ja, ja! — Weißt noch, wie er blaß und zitternd an unsre Thüre klopfte? — Hätten wir ihn nicht aufgenommen, er wär' erfroren und verhungert bei den rohen Bacchanten, für die er betteln mußte.

Barbara.

Und hat ihn nicht der Himmel zu uns geschickt? Ist's nicht ein Wunder, daß er in unser Haus lief, er, das Kind deines alten Jugendfreundes aus Rostock?

Prätorius (sinnend).

Ja, mein guter Daniel! Du warst mein treuer Gesell auf der Akademie! Ich will deinen Jürgen hüten! — So hat der Knabe den Vater wieder, den ihm die Pest geraubt.

Barbara.

Und wir armen Kinderlosen haben einen Sohn, den wir aufziehen können! Nicht wahr, mein Liebster? —

Prätorius.

Mit Gott, lieb Weib! Jürgen ist aus dem Elend. Doch drückt's mir oft das Herz ab, wenn ich die Not der armen Fahrenden sehe. Wie manch junges Blut vagiert in der Welt umher, stirbt hinter dem Zaune oder wird zum Diebe und Mörder.

Barbara.

Ja, 's ist zum Erbarmen mit den Kindern!

Prätorius.

Und wie schlimm sieht's auch bei uns in der Schule aus. Prima, Sekunda, Tertia, Quarta in einem Raume, jeder stößt den andern in der Enge. Und die armen Stadt= kinder! Kleid und Schuhe betteln sie wohl beim Um= singen an den Thüren zusammen, aber ihre Behausung ist gar erbärmlich. Da liegen sie in der Stube und fielen sich in Staub und Schmutz!

Barbara.

Ach! Kaspar! Wenn's meinem Vater doch gelänge, den stattlichen Bischofshof von der edlen Saldrin zur Schule zu erlangen!

Prätorius.

Ist denn immer noch keine Nachricht aus Magdeburg eingetroffen?

Barbara.

Auch die Mutter wartet mit Bangen; acht Tage ist er nun schon fort, und keine Nachricht kam zurück.

Prätorius.

Ach! lieb Weib! das ist kein gut Omen für die Donation.

Barbara.

Doch sieh, da kommt dein guter Freund, der Herr Stadtschreiber Zacharias. — Und rüstig, als wär' er nicht gar lange krank gewesen!

Vierte Scene.

Zacharias Garcäus (tritt aus seinem Hause). Die Vorigen.

Zacharias Garcäus.

Gott zum Gruß, mein lieber Caspar, und wie geht es meiner werten Frau Gevatterin?

Barbara.

Ach! Herr Stadtschreiber! Unser wilder Jürgen macht uns so viel Not als sechs andere Buben!

Zacharias Garcäus.

Und doch, Frau Barbara, beneid' ich Euch um den frischen Knaben. Wenn mir doch nur einer geblieben wäre!

Prätorius.

Aufgeschaut, mein Zacharias. Gott ist getreu; ihr

feid nun genefen und könnt im warmen Sonnenschein
wieder durch die Gaffen wandern.

Zacharias Garcäus.

Wär' in meinem Hauskreuz gar verlaffen gewesen, wenn
die lieben Freunde nicht meiner gedacht. Wie haben mich
die schönen Troftcarmina unfres Obidii von Brandenburg
erquidt!

Barbara.

Ja, Caspar dichtet jetzt nur noch für seinen Zacharias.
Darob vergißt er schier seines treuen Weibes.

Garcäus.

Nun, nun, das weiß die Frau Gevatterin beffer! —
Doch sagt, wie steht's mit der Schenkung der Saldrin?
Ist Simon Roter noch nicht heimgekehrt?

Barbara.

Nein, Herr Stadtschreiber! Wir warten immer noch
vergebens auf die Entscheidung!

Prätorius.

Ach! Es wird gehn, wie allezeit. Wo Gott eine
Kirche baut, da setzt der Teufel eine Kapelle daneben.
Die edle Saldrin hat das Beste gewollt, aber gottlose
Mäuler machen sie an ihrer christlichen Absicht irre.

Garcäus.

Wär's möglich? Sollte denn der treue Gott unsre
alte Stadt so verlaffen?

Barbara.

Nein, ihr Freunde! Die liebe Saldrin wird nicht
so leicht andres Sinnes! Der Vater ist von je ihr
Freund gewesen und auf seinen Rat hört sie lieber
als auf den manches großen Herrn! — Johanni 87

war ich mit in Magdeburg. Wie hat sie uns da freundlich aufgenommen, als wären wir fürnehme, hohe Gäste. Der Vater war kleinmütig und vermeinte, die arme Stadt vermöchte ein so teures Haus nicht zu kaufen. Da lachte sie holdselig und schaute ihn mit ihren großen, klugen Augen an: „Was dünkt Euch, mein lieber Herr Bürgermeister, nehmt Ihr den Hof zum Geschenk?" Ganz ungedrungen bot sie's uns an; wie sollte sie nun bereuen, des sie sich selbst erboten hat.

Prätorius.

Ja! Da fragte sie nur ihr gütig Herz! Seitdem sind sie gefragt worden, die Vormünder und Freunde. Und da ging es an! Erst protestierten sie. Das schlug ihnen fehl, Gott und die Saldrin seien bedankt! Nun sitzen sie in Magdeburg, die Hunickens und Hakes, und tagen und raten und schreiben Concepte und Notele und Gegenbe= denken, — und was wird herauskommen? — Wir ziehn mit langer Nase ab, und die Lehnserben lachen sich ins Fäustchen!

Garcäus.

Ja, ja! Oft hat's mir der alte Bürgermeister mit Thränen geklagt. Zwei Jahre hat er umsonst gearbeitet; nun verzagt er schier daran, die Schenkung noch zu erleben!

Barbara (bewegt).

Könnt' ich euch allen doch mein Vertrauen einflößen! Die Saldrin hat einen männlich tapfern Sinn! Was sie sich vorgenommen, das läßt sie nicht umstoßen! Ist sie nicht von Jugend auf am Kurfürstlichen Hofe gewesen? Da hat sie manch große Händel mit ihrem hohen Ver= stande geschlichtet, daran die Klügsten verzagten. So wird sie auch nun die Schlingen des bösen Feindes zerreißen und alles zum Besten wenden.

Garcäus.

Gott gebe Gnade, Frau Barbara, daß Eure Hoffnung nicht zu schanden werde!

———

Fünfte Scene.

Die Vorigen. Barthel Kuhlemey (im Hintergrunde; klopft an des Stadtschreibers Haus). — Nachher **Mathes** und **Jürgen**.

Prätorius.

Zacharias, Barthel Kuhlemey, der Thorwächter, sucht Euch! Er klopft an Euer Haus!

Garcäus.

Er wird ein Anliegen haben. Wir wollen ihm entgegen gehn.

Mathes Lange

(ist unterdessen links vorn an das Fenster von des Schulmeisters Haus getreten und ruft halblaut hinein):

Jürgen! Jürgen!

Jürgen (aus dem Fenster).

Ja doch, Mathes, was giebt's denn?

Mathes.

Komm mit, wir wollen aus dem Rathenower Thore!

Jürgen.

Heute nicht! Ich hab' ein deutsch Argument zu übersetzen; das ist so schwer. Ach Gott! und dabei ist eine so schmähliche Hitze. Auch muß ich gleich zum Umsingen. Ach! es ist schade!

Mathes.

Du mußt mitkommen. Sonst ist kein Spaß dabei! Merten Baltzer hat eine Eichkatze gesehn, im Busch am Musterplatz, mit drei Jungen. Wir wollen eins fangen!

Jürgen.

Ach, Mathes! ich darf ja nicht! Wenn ich nur dürfte! —

Mathes.

Höre doch! Wir wollen im Beetzsee baden! Da sieht uns niemand!

Jürgen (aufgeregt).

Baden! — Hollah! ich bin dabei! Es ist so schwül! (Springt zum Fenster hinaus.) Beim Umsingen wird mich keiner vermissen, ich krächze wie ein Wiedehopf. — Vorwärts!

Mathes

(wird auf die Gruppe im Hintergrunde aufmerksam und hält Jürgen zurück).

Was will denn der Barthel Kuhlemey vom Stadt=schreiber.

Jürgen.

Laß uns horchen.

(Die übrigen kommen in den Vordergrund.)

Garcäus.

Nun, Barthel Kuhlemey, was giebt's denn am Rathe=nower Thore?

Barthel.

Herr Stadtschreiber, et is man blos von wegen Albrecht Hunicken, det ich kommen dhue.

Zacharias.

Albrecht Hunicke, der Saldrin Neffe, ist der denn hier?

Barthel Kuhlemey.

Ja, Herr Stadtschreiber, et is man 'ne kleene Viertel=stunde her, da sag' ick zu meinem Mitkollegen Merten Thiele. Merten Thiele, sag' ick, det is heute 'ne hahnen=büchene Hitze. Amende giebt's noch 'en Brummluchs! Da kommt Herr Albrecht Hunicke durchs Rathenower Dhor jeritten und schreit: Barthel Kuhlemey, alter Esel! komm mal her! Sie müssen nämlich wissen, wir sind noch von dunnemals jute Freunde, wo ich Dhorhüter am Bischofs=hofe war, wie der olle Saldern noch lebte.

Prätorius.

Ja! aber was ist's denn eigentlich, Barthel, was wollte denn Hunicke?

Barthel.

Wenn Ihr mir immer zwischenmang redet, denn komm ick freilich nich zu Stande. Er sagte: Barthel Kuhlemey. Barthel Kuhlemey, sagt er, geh' zum Bürgermeister Dietrich. Ick will die Schlüssel zum Bischofshofe haben.

Garcäus.

Zum Bischofshofe die Schlüssel?

Jürgen (halblaut).

Dem Hunicke traute ich nicht über den Weg, Mathes.

Mathes.

Was geht's uns an! Komm auf und davon!

(Jürgen und Mathes links vorn ab.)

Barthel.

Ja. Un weil doch Burjemeester Dietrich nach Berlin is, von wegen det neue Bierjeld, und Burjemeester Lamprecht ufs Hammelkofen un Burjemeester Roter nach Magdeburj, da wollt' ick man blos fragen, ob der Herr Stadtschreiber nich de Schlüssel haben dhut.

Garcäus.

Caspar, das gefällt mir nicht! Hunicke die Schlüssel zum Hofe!?

Barbara.

Ja, Andreas Heyder, der Saldrin Schreiber, hat uns oft genug vor den Hunickens gewarnt; die wollten das Werk zu nichte machen.

Garcäus.

Doch seh' ich nicht, wie ich ihm die Schlüssel weigern soll. Er hat immer die Geschäfte der Saldrin in der

Stadt beforgt. Der Rat hat doch noch kein Recht auf den Hof. Und die edle Frau möchte es übel vermerken, wenn wir die Schlüssel nicht herausgäben. (Kopfschüttelnd.) Doch will mir's nicht gefallen! (Ab mit Barthel Kuhlemey).

Prätorius (rasch und ängstlich).

Dahinter steckt etwas, Barbara.

Barbara.

Du siehst heut alles schwarz. Was kann Hunicke mit dem Schlüssel thun! Absteigen wird er in dem Hause wollen. Hausfelds Herberge ist ihm zu teuer. Komm nur, mein Liebster, du darfst mir keine Grillen fangen!

Prätorius (innig).

Lieb' Weib! Wenn ich meine Trösterin nicht hätte! (Beide ab.)

Sechste Scene.

Adam Haveland, der Præfectus chori. Der Schülerchor tritt auf, zu je zwei und zwei geordnet. Die Knaben tragen über dem bunten Kostüm der Zeit schwarze Kurrendemäntel und haben schwarze Barrets auf dem Kopfe. Asmus, Achim. Später Bürger und Bürgerinnen. Ursula und Anna.

Præfectus chori.

Sind alle Sänger vorhanden?

Achim Boldeke.

Jacob Kluth ist krank.

Præfectus.

Es haben noch andere sich absentieret. Wir sind sonst mehr.

Asmus.

Jürgen Schütze und Merten Baltzer fehlen. (Halblaut)
Ich habe sie vor's Thor laufen seh'n.

Præfectus.

Der Custos notieret sie in den Catalogum absentium,
daß sie nach Gebühr gestrafet werden. — Nun singt das
neue, feine Lied Doctoris Laurentii von dem Lob der
Musica. Und ein jeder halte seine Stimme wacker hin=
durch, daß die Melodia fein gehöret werde und der Con-
centus lieblich erschalle!

Lied der Schüler.
(Melodie nach einer alten Volksweise.)

Ihr armen Schüler, kommt und singt
In vollem Chor ein Lied!
Denn wenn ein heller Sang erklingt,
All Herzeleid entflieht!
Doktor Martinus lobesam
Rühmt hoch die edle Kunst.
Drum lasset hör'n die Musicam
Zu frommer Bürger Gunst.

Horch! lieblich schlägt die Nachtigall
Im grünen Hag und preist
Den Schöpfer, der die Vöglein all
In seiner Güte speist.
Auch wir zum lieben Herrn empor
Erheben unsern Sang
Und fleh'n: den armen Schülerchor
Erquick' mit Speis' und Trank!

(Achim sammelt währenddessen mit einer Büchse, Bürger und Bürgerinnen
treten heraus aus den Thüren und geben Geld.)

Ursula Friesickin (schaut aus dem Fenster und schreit):

Vorbei an meiner Thür, vermaledeites Bettlerpack! Ich
habe genug hungrige Mäuler zu stopfen!

Præfectus.

Das ist die geizige Friesickin! Die lässet nicht von
ihrer Art!

Anna Krusin (mit einem Korbe voll Kirschen).

Die alte Krusin giebt, soviel sie mag. Gott geb's
uns ein andermal besser. — (Gutmütig drohend) Die Kirschen
sind schon gepflückt. Ihr braucht mir nicht wieder über
den Zaun zu klettern!

Die Schüler
(drängen sich um sie und füllen sich die Taschen).

Gottes Lohn! alte Krusin! Gottes Lohn!

(Sie ordnen sich wieder und zieh'n weiter, indem sie den zweiten Vers
wiederholen. Der Gesang verhallt in der Entfernung.)

Asmus (bleibt zurück).

Wart', Jürgen, jetzt zahl' ich dir die Prügel heim. —

(Er geht an das Haus des Prätorius und ruft sehr laut hinein:)

Domine Magister, Jürgen Schütze fehlt beim Umsingen.
Ist er nicht zu Hause? — (Ab.)

Siebente Scene.

Prätorius. Barbara.

Prätorius (tritt aus seinem Hause).

Jürgen, ubi es, puerule? — Barbara, wo ist Jürgen? —

Barbara (folgt ihm).

Ich weiß es nicht. Er ist nicht drin zu finden. Ist
er denn nicht zum Umsingen gegangen?

Caspar.

Nein, Barbara! Der Custos Asmus war eben da und
meldete, daß er beim Cantu fehle.

Barbara.

Je nun! Auf dem Hofe war er auch nicht. — (rasch.) Ja, dann ist der Bursche wieder ausgerissen! —

Prätorius (erzürnt).

So mag der Teufel seiner warten! — Er ist nun schon ein großer Gesell! Als er zu uns kam, war er für Quinta zu groß und für die anderen classes zu dumm. Nun hat er langsam Profectus in der Grammatik und in den Scriptoren gemacht; aber in disciplina bleibt er rudis und ungehobelt.

Barbara.

Wo mag er nur stecken, der böse Junge?

Prätorius.

Aus dem Thore ist er gelaufen; wo soll er sonst sein! Wo es eine Bachstelze giebt oder eine Elster, da muß er hin. Ciceronem aber achtet er nicht!

Barbara.

Ich habe schon manchmal gedacht: Der flinke Junge giebt keinen Magister. Er hat kein Sitzfleisch.

Prätorius.

Wer aber keine linguas lernt, bleibt ein grober Klotz und untüchtig zu allem Regiment.

Barbara.

Vielleicht geht's einmal wieder gegen die Türken oder die Papisten. Da wird Jürgen sein Fähnlein schon führen und nicht dahinten bleiben.

Prätorius.

Diesmal aber will ich ihm wohl den Rücken färben, wenn Sonnabend die Abrechnung mit dem Baculo ist.

Achte Scene.

Barthel Kuhlemey (kommt sehr erhitzt angeleucht). Prätorius. Barbara.

Barthel (sehr aufgeregt).

Herr Magister! Habt Ihr den gestrengen Herrn Stadt=
schreiber nicht gesehn?

Prätorius.

Was ist denn geschehn, Barthel! Du bist ja rot wie
ein gesottener Krebs!

Barthel.

Ach! Herr Magister! — Heidi sind se, uf Nimmerwieder=
sehn! —

Barbara.

Wer denn, Barthel! So rede doch mit Verstand!

Barthel.

Ach! Frau Barbara! Ik bin en Esel, en Schafskopp,
en Rindvieh!

Prätorius.

Was habt Ihr denn nur?

Barthel.

Aus dem Dhor hab' ich se fahren lassen, ich Tölpel!

Barbara.

Daraus kann kein Mensch klug werden. Faß dich,
guter Barthel, und erzähle in Ruhe!

Barthel.

Wie der Hunicke die Schlüssel haben wollte zum
Bischofshofe, da schüttelte der Herr Stadtschreiber den
Kopp und sagte: Barthel Kuhlemey, sagt' er, paß uf, dat

der Hunicke nischt ausführt. — Herr Stadtschreiber, sag
ick. Wo wer' ick nich! Barthel Kuhlemey kennt Ihr doch,
der hat ne feine Nase; der weeß Bescheed! — Un nu
sitz ick mit Merten Thiele in de Wachtstube, un wir drinken
man een helles Zerbster und spielen Karten, da kommt
een Wagen ins Dhor jefahren! Wir fragen: woher? — Aus
Ferbitz, heeßt's. — Was er will? — Korn holen aus de
Neustädter Mühlen. — Na nu, sag ick, Merten Thiele,
weeßt du's, warum die Ferbitzer aus dem Barnim nach
der Neustadt um den Beetzsee 'rum fahren? Nee, Barthel,
sagt Merten Thiele, das ist jo woll wunderlich. Und
nu dauerts nicht lange, denn kamen sächtchen een Wagen
nach den andern durchs Dhor, und alle waren se von
Hunicken aus Ferbitz, und alle wollten se Korn aus den
Mühlen holen. Merten Thiele, sag ick, die wollen sich
jo woll uf drei Jahre verproviantieren. Wenn man die
Neustädter genug Mehl uf de Mühle haben! Un richtig
bogen se links in die Gasse nach dem Mühlenthor um.

Caspar.

Barbara, mir ahnt Schlimmes!

Barbara.

Ach Gott!

Barthel.

Un nu war noch nich ne halbe Stunde vorbei, da
kommen de Wagen alle zurück, vollgepackt mit Tische, mit
Bänke und mit Bettspinden und was nich noch, und
meiner Seel, alles aus den Bischofshof. Aber wir
sahen's ja erst, als sie schon im offnen Dhor standen.

Caspar.

Aber Barthel!

Barthel.

Ick sage: Herr Hunicke, sag' ick. Die Sachen sind ja
der Salbrin! — Dummer Barthel, halts Maul, sagt

3

Hunicke. Frau Gertrud hat sie mir geschenkt. Ick will noch sagen: Der Ehrbare Rat will den Hof kaufen! da hebt er seine Plempe und schreit: Hinaus, ihr Leute! Uns wehrt's keiner! — Und damit fuhren se ab, hast de nich gesehen, und wir kuckten hinterher!

Barbara.
Barthel, du bist ein Esel!

Barthel.
Seht Ihr wohl! Frau Magister! Hab ick's nich jleich jesagt?

Prätorius.
O der schändliche Buschklepper! — Evasit, excessit, erupit! —

Barbara.
Doch, Barthel, jetzt lauft zum Stadtschreiber und sagt's ihm; der muß es am ersten wissen.

Barthel.
Ja, dat wollen wir un woll dhun!

Neunte Scene.

Prätorius, Barbara.

Prätorius.
Ach, Barbara! das ist eine böse Zeitung. Das Haus ist wüste gemacht. Der neidische Hunicke hat's ausgeraubt. Und wäre es gar wahr, daß die Salbrin ihm solches zu thun erlaubet!

Barbara.
Ich kann's nimmer glauben, Caspar, der freche Räuber hat gelogen. Darein hat die edle Frau nie gewilligt!

Prätorius.

Mein Mut ist tief bekümmert. Lässet die Saldrin zu, daß sie den Hof ausleeren, dann denkt sie nicht mehr an die Fundation. Sie wird das Haus verkaufen, und die Not in der Schule bleibt.

Barbara.

O Gott! Auch ich kann kaum mehr hoffen!

Prätorius.

Mein altes Brandenburg! Wie glänzt dein Name herfür in der alten Chronika! Hier ist die liebe Christenlehr' in den Marken zuerst gepflanzt. Allezeit war unsre Stadt die älteste und fürnehmste des Landes. Heißt nicht nach uns die ganze Herrschaft? Von unserem Schöppenstuhle holt jedermann Rat und Gerechtigkeit. Und nun, da Doktor Martinus das teure Gotteswort ohn' Menschen= werk ans Licht gebracht, soll unsre liebe alte Stadt mit ihrer Schul' dahinten und im Finstern bleiben? Das kannst du treuer Gott nimmer wollen! Drum, barmherziger Vater im Himmel, hör' unser Schreien, verlaß uns nicht in unsrer Not und bring uns deine Hilfe zu rechter Zeit, daß das fromme Werk der Saldrin vollendet und aller Widersacher Spott zu schanden werde!

Barbara.

Send' uns den Vater mit froher Kunde heim! —

(Barbara wendet sich um und erblickt hinter der Scene Simon Roter).

Zehnte Scene.

Simon Roter. Die Vorigen.

Barbara (in höchster Freude).

Caspar! unser Gebet ist erhört! Siehst du! der Vater steigt von dem Wagen. Froh und glücklich scheint seine Miene. Er winkt uns. O mein Vater!

(Sie eilt nach hinten, Simon Roter entgegen.)

Caspar.

Wär's möglich? — Würde noch alles gut?

Simon Roter (im Reisegewand, mit einer Rolle).

Meine lieben Kinder! — Dankt mit mir dem dort oben! Die Saldrin schenkt uns den Hof zur Schule. Schauet hier das Dokument, mit eigener Hand hat es meine alte Freundin unterzeichnet.

Caspar.

Gott sei gelobt!

Simon Roter.

Und daß die vier edlen Knaben hier auf der Schule ihren Unterhalt haben, hat sie auch dazu ein Stattliches gestiftet.

Barbara.

Die edle Frau! Sagt' ich's nicht, Caspar; sie wird uns nicht verlassen. Sie hält, was sie uns versprochen. — Und, lieber Vater, wie geht's ihr denn? Ist sie noch wohlauf?

Roter.

Heiter und glücklich war sie, daß die gute That nun gelungen. Mein lieber Freund, sagte sie beim Abschied, ein Mühlstein ist mir vom Herzen.

Prätorius.

Ja, nun ist den tückischen Anschlägen der Feinde ein Ziel gesetzet. Ach! wär't Ihr nur eine Stunde früher gekommen, teurer Vater; dann wäre der letzte Streich nicht gelungen.

Roter.

Was ist gescheh'n? Du machst mich besorgt!

Prätorius.

Laßt's Euch vom Stadtschreiber erzählen, der dort kommt.

———

Elfte Scene.

Zacharias. Die Vorigen.

Zacharias.

Mein guter Roter, ist's gelungen?

Roter.

's ist alles besser, als wir's je zu hoffen gewagt!

Zacharias.

Und nun hat noch in der letzten Stunde der neidische Hunicke den Bischofshof ausgeraubt.

Roter.

Wie konnt' er das, der freche Dieb?

Zacharias.

Die Erlaubnis der Saldrin hat er vorgewendet!

Roter.

Das ist Lüge. Hier hab' ich die Urkunde. Alles im Bischofshof ist unser!

Zacharias.

Aber Hunicke ist aus dem Thore, und die Beute ist verloren.

───────

Zwölfte Scene.

Jürgen und Mathes von Barthel Kuhlemey, dem Schülerchor (Asmus, Achim) und Bolk begleitet. Die Vorigen.

Jürgen (atemlos).

Nein! Herr Stadtschreiber! — Wir haben sie! — Zwei Wagen sind gerettet!

Prätorius.

Was ist das? Jürgen, wo kommst du her?

Jürgen.

Verzeiht, daß ich davongelaufen. — Ohm Simon ist aus Magdeburg zurück? — Herr Bürgermeister, schickt sichre Leute aus der Stadt, daß sie den Hausrat zurück= holen.

Simon Roter.

Du Teufelsjunge, wie ist das zu verstehn?

Mathes.

Herr Bürgermeister, wir waren vor's Thor gelaufen. Es war so heiß und staubig. Wir wollten baden, — im Beetzsee.

Prätorius.

Ihr Schlingel, seht mir an!

Mathes.

Da seh'n wir den Wagenzug aus dem Thor kommen, Hunicke voran, und die Bauernkerls auf dem Wagen lachten: Hussah! Die Brandenburger haben wir genasführt! War's doch die höchste Zeit; der Hof kommt nun an die Stadt!

Barthel.

Die Hallunken! Ich will euch kriegen!

Jürgen.

Die letzten Wagen schleppten sich nur im Sande; das Vieh war lahm und die Last am schwersten. Hunicke war voran und über alle Berge. Die beiden Lümmel auf den Karren hatten aus dem Bischofskeller Malvasier gestohlen. Und wie der Herr aus den Augen war, legten sie sich unter den Baum und zechten und ließen die Wagen stehn.

Simon Roter.

Wie der Herr, so die Knechte!

Mathes.

Da war Jürgen wie der Blitz unter der Brücke vor, wo wir gelauert hatten, und stieß mich an: „Rasch die Stifte aus den Rädern gerissen, daß die Wagen umfallen und die Kerle nicht weiter können." So ist's geschehn, und da sind wir.

Jürgen.

Und nun sorgt, daß die Bänke und Tische uns bleiben.

Alle Schüler (durcheinander).

Halloh! Jürgen! das hast du brav gemacht! Juchhei! das ist gelungen!

Barthel.

Herr Burjemeester! Ick alter Esel bin schuld, det die Hallunken aus dem Dhore gekommen sind! Ick will's gut machen! Gebt mir die Knochenhauer mit dem Rüstwagen mit, die haben heute Dienst! — (Wild.) Wir wollen se de Knochen schon hauen!

Simon Roter.

Geh, Barthel. Doch nichts von Gewalt! Sag' nur, du hast Befehl vom Rat. Die Saldrin hat uns den Bischofshof mit allem, was dazu gehörig, für ewige Zeiten zur Schule vermacht!

Barthel.

Ick schaff' es wieder! (Ab.)

(Allgemeine Bewegung.)

Schüler.

Der Hof ist unser? —

Simon Roter.

Ja, vernehmt es alle! Was wir so heiß gewünscht, es ist erfüllt. Dank sei dem Allmächtigen, der ihr Herz und Hand geöffnet, daß aus ihrem Gute vielen Geschlechtern Segen entsprieße. Der stolze Bau, den die Bischöfe von Brandenburg zu ihrer Residenz aufrichteten, soll euch, Lehrern und Schülern zur Wohnstätte gewidmet sein.

Mathes.

Gelt, Achim, jetzt brauchen wir nicht mehr im Staube herumzukriechen.

Achim.

Jetzt haben wir Platz, wie die großen Herren!

Ein andrer Schüler.

Und der grüne Stadtwall dahinter!

Ein vierter Schüler.

Und die schönen Linden dabei!

Jürgen.

Und der stattliche Schulhof! Da können wir Comœdiam spielen!

Alle.

Juchhei! Comœdias, feine Comœdias!

Prätorius (zu Jürgen).

Nun, Jürgen, da du uns die Subsellia wiedergebracht so stellen wir den baculum für diesmal in die Ecke.

(Zu den Schülern.)

Ihr Buben aber schaut den edlen Greis,
Der seine letzte Lebenskraft geopfert
Für unsrer Schule Wohlfahrt und Gedeih'n.
Wenn einst die Nachwelt hoch die Saldrin preist,
Soll sie auch seiner nimmermehr vergessen! —
Der Saldrin Heil! Heil unserm Simon Roter!

Alle.

Der Saldrin Heil! Heil Simon Roter! Heil!

Roter (tief ergriffen).

Zu hoch, ihr Freunde, rühmt ihr, was ich that!
Der Augenblick versüßt mir alle Sorgen,
Die ich darum getragen manche Nacht.
Nun mag der morsche Leib zusammensinken,
Mein Tagwerk ist gethan. — Doch sieh', ich schaue
Mit hellem Auge durch der Zukunft Schleier.
Die Salbria wird manch Jahrhundert blüh'n.
Nicht kann sie Plünd'rung, Brand und Mord vernichten,
Nicht thör'ger Menschen Zank und stumpfer Sinn.
Neu wird sie aus der Asche sich erheben!
Und als Geleiter ruf' ich von dem Himmel
Zwei edle Gottesmänner, die mich einst
Zur Jugendzeit den rechten Weg geführt.
Dich Martin Luther! und Melanchthon dich!
Seid ihr mit eurem Geist der Schule nah!
Dann Heil dir allzeit, edle Salbria! —

Die Schüler und alles Volk setzen sogleich mit dem Gesange iu der ersten
Melodie ein:

Gott Preis, daß er der edlen Frau
Geöffnet Herz und Hand,
Daß sie den hohen Bischofsbau
Zur Schul' uns zugewandt.
So werd' nun drin stets Frömmigkeit,
Manch' feine Kunst gelehrt!
Des sei gerühmet allezeit
Die edle Salbrin wert.

Schluß des ersten Bildes.

Erstes Zwischenspiel.

Der Humboldthain.

Der Roland und der Festgenosse treten aus der Kulisse hervor.

Festgenosse.

Welch reiches Leben ließest du mich schau'n! —
Der armen Schüler rührend Lied, noch klingt's
Mir in der Seele voll und klar herauf.
Der Saldrin Edelsinn und Roters Treue,
Sie strahlen hell durch dunkler Zeiten Nacht.
Doch sag', hat sich der Stifter Wunsch erfüllt
Und ist die Schule stattlich aufgeblüht?

Roland.

Ruhmvolle Tage hat sie nun geseh'n,
Und allen märk'schen Schulen strahlt' sie vor.
Von Schülern füllten sich die weiten Hallen,
Und ausgestreut ward edle Geistessaat,
Die reiche, hundertfält'ge Früchte trug.
O schöne Zeit, wie bald bist du verrauscht!

Festgenosse.

So währt' der Schule Glück nicht lang?

Roland.

Ein Menschenalter war ihr Glanz verliehn,
Dann sank in tiefes Elend sie zurück.

Weh über dich, mein altes Brandenburg!
Des Krieges Geißel traf dich auf den Tod!
Mord, Brand und Plünd'rung wütet in den Gassen,
Der scheue Bürger flieht den Ort des Schreckens,
Und wüste Stätten starren rings umher.
So traf Vernichtung nun auch unsern Garten,
Drin manche zarte Pflanze treu gepflegt.
Der Wettersturm brach alle Blumen nieder.
Das Haus zerfiel, der Schüler Schar zerstob,
Und ach! die Lehrer schlägt in Sklavenketten
Die Not und macht sie niedern Bettlern gleich.

Festgenosse.

Welch' herb' Geschick! Die stolze Saldria
Im Witwenschleier, harmvoll tief gebeugt,
Um die entriss'nen Musensöhne klagend.

Roland.

Laß schweigen mich von dieser dunkeln Zeit!
In Staub gesunken war der Schule Banner,
Doch Preis sei Gott, von neuem flog's empor!

Festgenosse.

So sag', o Held, wer trug's zu neuem Glanze?
Wer hat die teure Saldria vom Fluch
Des Elends und der Niedrigkeit erlöst?

Roland.

Vom Saalestrand naht sich ein langer Zug
Von frommen Männern, heil'ge Glut im Sinn,
Die liebe Jugend treulich zu erzieh'n.
Nach allen Seiten wandern sie hinaus,
Den edlen Samen weithin auszustreu'n.
So pflanzen sie auch hier ein frisches Leben,
Und Saldria erwacht zu neuem Lenz.
Schau in den alten Schulhof nun hinein;

Sieh unser junges Volk, wie's weint und lacht,
Und wie's am hohen Freudentage jubiliert.
Auch düstre Wolken ziehen sich zusammen;
Es stürmt und tobt in wilder Leidenschaft.
Doch an dem Steuer steht ein weiser Mann,
Der's Schifflein sicher in den Hafen führt.

Festgenosse.

Laß schau'n, o edler Ries', was du versprichst.
Mit Ungeduld wart' ich des neuen Spiels.

Roland.

Sieh hin! Schon ist die Geisterschar bereit.

(Der Vorhang hebt sich. Das zweite Bild beginnt.)

Actus Strantzianus.

1717.

Perſonen:

Ernſt Ludolf v. Strantz, Domherr zu Brandenburg.

Johann Caspar Carſted, Rektor der Saldria.

Alphonſe Chandom de Sauſſure, Hofmeiſter der adligen Stipendiaten.

Auguſt Balhorn, Præfectus chori.

Gottlieb Balhorn, ſein Vetter, Primaner.

Lutz von Bredow auf Bredow,
Wolf von Hake auf Ütz, 〉 Stipendiaten der
Hans von Otterſtädt auf Bruſendorf, 〉 Saldriſchen Schule.
Fritz von Brieſt auf Bamme,
Leberecht Ziesler, Schüler.

Ein Korporal des Regiment Grenadiers.

Der Schülerchor.   Grenadiere.

Ort der Handlung: Der Schulhof des Saldriſchen Lyceums am Gotthardkirchhofe.

Den Hintergrund bildet das querſtehende Hauptgebäude, auf beiden Seiten ziehen ſich Längsgebäude mit Galerien nach vorn. Rechts vorn eine den Hof abſchließende Mauer mit einem Thorwege.

Erste Scene.

Lutz von Bredow. Hans v. Otterstädt. Wolf v. Hake. Fritz v. Briest (in Festkleidern).

Hake.

Nun, kleiner Fritz, wie gefällt dir's in der Saldria? — Hast du schon Heimweh bekommen?

Briest.

Ach! Wolf! Wenn alle Tage Actus Strantzianus ist, dann wird es damit gute Wege haben.

Bredow.

Ja, Fritze! das behagt dem kleinen Schlecker, Kuchen und Wein und das Galakleid für Monsieur Knirps? He? — Sonst darf keiner den Degen anlegen; der Rektor ist gestrenge.

Otterstädt.

Ja, heute sind wir die Hauptpersonen! — Die alte Saldria ist außer sich vor Freude, daß sie ihre vier edlen Stipendiaten wieder hat. Und drum stolzieren wir im Staatsrock mit Schnallenschuhen, und der alte Perruquier hat eine ganze Stunde an meinen Puderlocken gesessen.

Hake.

Hans Otterstädt ist nun aber auch der Schönste, nicht wahr, Bredow? Wenn ihn nur Bäschen Rochow so sehen könnte, die wäre ganz weg!

Otterstädt.

Spotte nur, Wolf! Das ist doch bloß Eifersucht.

Bredow.

Wißt ihr, aus dem ganzen Festin mache ich mir nicht so viel! — Wie ich in Bredow in meinen Lederbüxen auf der Fuchsstute saß, da war mir wohler.

Briest.

Freilich, Lutz. — Pleine chasse über das Stoppelfeld! Juchhei!

Otterstädt.

Das laßt euch nur hier vergehn. Den ganzen Tag wird gelahrtes Zeug getrieben, und nachmittag dürfen wir zur Récréation die Fleute douce blasen und uns mit der Pappfabrique abgeben.

Bredow.

Ja, und die schöne Aussicht auf den Stadtwall ge= nießen. Wenn's einmal spazieren geht, hält der Rektor mit uns einen erbaulichen Sermon! — (Achselzuckend.) Na ja! — Von Treibjagd und Kandare versteht er freilich nichts!

Hake.

Und vom Exerzierreglement ebensowenig. Hat er nicht neulich bei der großen Revue Klasse gehalten?!

Otterstädt.

Ja! Die Trompete und die große Trommel hören und dabei auf den Schulbänken schwitzen! Das war gemein!

Bredow.

Ich hab's nicht ausgehalten! Seine Majestät und die Generals und Onkel Karl drunter in der Suite, die mußte ich sehn. Heidi! war ich aus der Singstunde, über die Stadtmauer und kam noch auf den Musterplatz zurecht, wie die langen Kerls Granaten warfen. —

Hake.

Dafür gab's aber auch bei der Abendandacht vom Rektor eine schöne Predigt.

Bredow.

Hört! wenn erst unser Informator kommt, hinter den müssen wir uns stecken! Der muß uns locker lassen!

Briest.

Was ist denn das? Ein Informator?

Bredow.

Weißt du noch nicht, Fritzchen? Ein Hofmeister kommt, der soll mit uns essen, trinken, schlafen, beten und spazieren gehn, — kurz, uns immer auf der Haut sitzen.

Otterstädt (blasiert).

Nun, hoffentlich ist es ein convenables sujet!

Bredow.

Kinder! den müssen wir uns ziehen! Wir sind vier, und er ist einer; da muß er als der Klügste nachgeben! — Wer kommt denn da?

Zweite Scene.

Chandom und die Vorigen.

Chandom (rasch).

Bon jour, messieurs! Pardonnez, si je m'adresse à votre bonté! Je suis étranger ici; sauriez-vous me dire, si ce bel édifice là est le collège de S . . . (stockt).

Hake.

Was will der Kerl? — Ich glaube, der kauderwälscht französisch. Bredow! da mußt du voran! Du hast einen

4

französischen Tanzmeister gehabt. — Frag' ihn, was er
will; es wird wohl auch so ein windiger Perückenmacher
oder maître de danse sein.

Bredow.

Bedaure! Ich verstehe grade so viel vom Französischen,
wie unser Hühnerhund Nero vom Latein. Doch gleichviel!
Mit dem wollen wir schon fertig werden. Aber du mußt
helfen, Hake! (Geht auf Chandom zu.) Monsieur, j'ai l'honneur.
Quel est votre .... votre .... Hake, was heißt Be=
gehren?

Hake.

Ich denke: appétit.

Bredow.

Quel est votre appétit, monsieur?

Chandom.

Vous êtes bien aimable, monsieur; mon appétit est
très bien réglé. Mais il n'est pas question de cela,
maintenant. Vous ne me comprenez pas!?

Bredow.

Vollkommnément, monsieur! Aber vous ne me comprenez pas, moi. — (Abbrechend, ungeduldig.) Donnerwetter,
jetzt ist's genug! Was will Er denn eigentlich hier? Kann
Er kein Deutsch?

Chandom.

O, ick kann auk mik explicier ein wenik auf der bötschen
Sprak. Wenn messieurs wollen aben die große com-
plaisance mir zu stützen unter, ick offe zu mir maken
verstehn.

Bredow.

Na, kommt, dann wollen wir ihn stützen unter! Also
was sucht Er hier?

Chandom.

Messieurs, ick weiß nit, ob ick bin riktik ....

Otterstädt (boshaft, indem er auf die Stirn zeigt).

Das erscheint mir auch zweifelhaft!

Bredow (zurechtweisend).

Aber Otterstädt! —

Chandom.

Ob hier ist die noble Stul, welke ist ge'eißen —
Salad — Salad — Saladria?

Bredow (lachend).

Saldria, meint Er, Saldria!

Chandom.

Ah oui, monsieur . . . . . Das ist die große Werk=
bau da, n'est-ce pas?

Bredow.

Ja wohl! Dieses fürnehme Bauwerk ist die altehr=
würdige Saldria. Aber wenn der Herr etwa denkt, eine
Stelle als maître de danse darin zu finden . . . .

Chandom (etwas gereizt).

Ah non, monsieur! Ich sehen seer gutt, daß hier nix
mangelt un maître de danse. Wenn Messieurs sind, comme
je présume, des collégiens, parbleu, sie aben eine sehr
gute maître. Sie sind eingeputzt comme au bal! Eine
véritable Augen . . . . . . wie sagt man? — — Augen
— Augenmahlzeit, — wollte ich sagen — Augenschmaus!
— Und (spitz) welke feine Sitten!! quelle tournure,
quelle grâce!! —

Bredow.

Otterstädt, das gilt dir! Du machst überall Eindruck.

Chandom.

Oh, Messieurs drücken mir alle ein seer avantageuse-
ment. Permettez, messieurs, daß ich mir stelle vor. Ihr

ſeh in mik — Alphonse Chandom de Saussure, réfugié
français. Ick aben gemußt verlaſſen ma patrie, weil ick
nit abe gelaſſen von meine Glaube.

Bredow.

Armer Mann!

Chandom.

Alors j'ai été officier bei die Staaten General.

Hake, Brieſt (überraſcht).

Offizier?

Otterſtädt.

Alle Wetter!

Chandom.

Mais — leider nun abgedankt, weil die alte Knocken
ſind geworden ſteif! — Da ick bin gegangen en Prusse,
wo die Könige ſein ſo gütik gegen die verfolgt protestants.
Vous connaissez sans doute monsieur le baron de
Strantz. Er att gemakt meine Bekanntſchaft in die ré-
sidence und att mik adreſſier an Errn den gelehrten
Recteur du lycée Saldrien, Monsieur Carsted, für zu ſein
der conducteur von vier nobles Stipendiat.

Bredow.

Cher monsieur! dieſe vier jeunes hommes ſtehen vor
Ihnen und ſind enchantiert ſo unvermutet die Bekanntſchaft
ihres neuen Conducteurs gemacht zu haben. Da iſt zu-
erſt mon ami, le chevalier Wolf d'Hake auf Ütz, le
chevalier Jean d'Otterſtädt auf Bruſendorf, et voici mein
kleiner cousin Frédéric de Briest — et enfin moi, Lutz
de Bredow.

Chandom (ſehr erſtaunt).

Ah! — De Briest? — Mon dieu! — De Briest!
War der Vater von die junge Err officier? —

Brieſt.

Ja, monsieur! Aber mein Vater iſt gefallen!

Chandom.

Sans doute! C'est lui! Oh, ich abe gestand avec lui
in die Donner von die canons in die bataille de Mal-
plaquet. Er war un brave soldat, mon fidèle ami.

Brieſt.

Ihr der Freund meines Vaters? Wie wunderbar!

Chandom.

Je suis heureux zu ſeh' den Sohn von meine arme
camarade, qui est mort dans mes bras!

Bredow.

Nun, monsieur Chandom, da ſind wir ja ſchon Be=
kannte! — (Treuherzig.) Monsieur Chandom, wir müſſen
gute Freunde werden!

Chandom.

Oh, mes jeunes amis, ich -'offen ſeer! — Ich lieb'
die muntre Junkers; das ſein ſpäter braves soldats.

Hake.

Ja! Offiziers wollen wir alle werden! Seine Majeſtät
braucht Soldaten!

Otterſtädt.

Aber wie ſollen wir hier etwas davon lernen? Nicht
einmal zur Rebue dürfen wir hinaus!

Chandom.

C'est bien dommage! Que voulez-vous? Un jeune
gentilhomme muß lerne zeitik die militäriſche Könſt. La
grammaire, la rhétorique, die ganze Dienſt der Müſen
— ma foi, das ſein ſeer gute Sack, ſeer gute Sack! aber
un peu . . . (gähnt) . . . ennuyant . . . langweilik. Abe
ich Recht?

Bredow.

Ja wohl! Volkommnément!

Hake.

Das nenne ich vernünftige Ansichten für einen Infor=
mator!

Chandom (feurig).

Mais le service militaire, — das ist ganz andere
Dink!! c'est un passe-temps, eine noble Vertreib die
Zeit..... (stellt sich militärisch hin) Garde vous, pleton!!
— alignement! — armes bras! présentez armes....
Messieurs, können wir exercier? Comment?

Bredow.

Das wird im Salbrischen Lyceo nicht gelehrt.

Hake (lebhaft).

Aber wie gern würden wir's lernen!

Chandom (immer lebendig).

Eh bien! Ich will sein votre instructeur!

Bredow, Otterstädt.

Das ist herrlich!

Briest.

Hurrah!

Chandom (kommandiert).

Stellt euch in eine ligne! — Stillgestanden! —
Rick't euch! — En avant, marche! Halte! Bataillon,
Kehrt!

(Die Junker haben sich links in eine Reihe gestellt. Sie machen die Be=
wegungen, welche der Franzose kommandiert, ungeschickt nach, so daß er
nachhelfen muß.)

Dritte Scene.

Rektor Carsted und die Vorigen.

Carsted (kommt aus dem H:ntergebäude, noch hinter der Scene).

Gütiger Himmel! Was geht hier vor? — Drillt man
die Martissöhne schon auf unserm stillen Musenhofe? —

Wer kommandiert denn da? Und die vier Stipendiaten marschieren! — (Auf der Bühne, erblickt Chandom.) Ja, seh ich denn recht?

Chandom
(ganz im Eifer, ohne den Rektor zu sehen).

En avant, marche. (Dreht sich, die beiden sich gegenüber.)

Rektor.
Wer ist denn Er? — Was unterfängt er sich?

Chandom (höflich).
Ah! C'est à monsieur de Carsted, recteur du lycée, que j'ai l'honneur de parler? —

Rektor (turz).
Oui monsieur, ich bin's, — aber Er?

Bredow.
Herr Rektor, es ist unser neuer Conducteur, Monsieur Chandom.

Chandom.
Oh, Monsieur le recteur, pardonnez! Ich aben schon gelernt kennen meine futurs élèves und abe gegeb' die junge Edelleut' eine kleine leçon d'exercice militaire.

Hake.
Ja, wir haben ihn so drum gebeten.

Rektor (höflicher).
Nun, Monsieur Chandom, so brauche ich Euch die alumnos nicht zu präsentieren.

Chandom.
Mais non, wir kennen uns! (Gutmütig.) Charmante junge Leut'! Sie aben eine gute mine. —

Rektor (ernst).
Ja, aber sie brauchen strenge disciplinam. Sie sollen lernen, wie man sich in der conversation einer geziemenden

conduite befleißigt, und auch auf ihre mores mögt Ihr fleißig acht haben. Ihr nehmt Euer logement bei ihnen; des Morgens weckt Ihr sie und betet mit ihnen; den Tisch habt Ihr mit ihnen bei mir. Daß sie auch eine erlaubte Gemütsergötzlichkeit und motion haben mögen, will man ihnen einen Spaziergang nicht verwehren; doch sollt Ihr christlichen discours mit ihnen halten, und so Ihr etwas Unziemliches wahrnehmt, nach Erfordern an ihnen monieren.

Chandom.

Tout ira bien! — Es sein brave Junkers! —

Bredow.

Herr Rektor, Monsieur Chandom soll schon seine Freude an uns haben.

Rektor.

So recht, mein Sohn! — (zu Chandom). Nun, Ihr kommt heute zu einer großen Solennität zurecht!

Chandom.

Ah, un festin, aben ick doch gesehn die Junkers in grande parure.

Rektor.

Ja, wir haben wohl Grund, dem Herrn zu danken und ihn zu loben. Was ist uns alles diese letzten Jahre Gutes zugeflossen!

Chandom.

Ja. Cela se voit! Das sieht sick! Alles ist noble und splendide hier! —

Rektor.

Heut' steht die Saldria in hohem Flor. Aber vor zehn Jahren waren die Gebäude Ruinen, die Klassen standen leer, und die Lehrer darbten.

Chandom.

Vrai? C'est bien triste! Mais après la pluie le beau temps. Auf den Regen at gefolgt der Sonnenſtein! N'est-ce pas? Und was at gegeben die impulsion, ich will ſagen, die Anſtoß von der glückliche changement?

Rektor.

Ihr kennt ja ſchon den edlen Herrn von Strantz, der Euch hierher gerufen. Der hat allezeit eine ſonderbare Gütigkeit gegen unſre Schule gezeiget. Das Haus hat er ſtattlich renovieret, und ein Stockwerk hat er gar neu daraufſetzen laſſen.

Hake.

Ja! Onkel Strantz iſt ein alter, guter Herr!

Chandom.

Quelle bienfaisance! Doch qu'est-ce que cela? — Die eine Seit von die Aus at vier étages und die andere nur drei.

Rektor.

Ja. Ihro Hochwürden wollten das ganze Gebäude erhöhen; aber der Herr Ratsherr Maß begegnete Ihnen in unterſchiedenen Stücken impertinent und moquierte ſich über den Bau. Da haben Sie die Luſt daran verloren.

Bredow.

Und nun ſieht die Schule um ein böſes Maul ſchief und krumm aus!

Chandom.

Ah! c'est dommage! — aber der Err von Strantz iſt ein noble gentilhomme!

Rektor.

Das iſt noch nicht alles! — Die edle Frau von Saldern, die uns einſt dieſen Hof zur Schule geſchenkt,

hatte auch bei uns ein Stipendium für vier edle Knaben
fundieret. Das haben Ihre Hochwürden durch Ihre hohen
Connexionen wieder in Gang gebracht.

Otterstädt.

Und daher sind wir hier, Monsieur Chandom!

Rektor.

Ja, das sind die vier, Eure alumni.

Bredow (munter).

Vivat Herr von Stranz, daß er uns solch honetten
Kondukteur geschickt!

Chandom (gerührt).

Meine liebe Junkers! —

Rektor.

Heute ist nun der Jahrestag, da Ihro Hochwürden
vormals als Domherr introducieret worden. Da habe ich
unser dankbares Gemüt bezeugen wollen und einen Actum
oratorium solemnem Strantzianum angesetzet, dazu ich die
auditores durch ein deutsch programma invitieret.

Chandom.

Oh, das wird ein grand festin!

Fritz Briest.

, Und Mittags regaliert uns Onkel Stranz mit Kuchen
und Wein!

Rektor.

In dem Actu werden fünfundbreißig alumni Reden
halten, und dazwischen wird vocaliter und instrumentaliter
musizieret.

Chandom.

Parbleu! fünfundbreißig Reden, mit musique! Da
wird sich erkalten die soupe und die Braten.

Bredow (halblaut).

Hate, da drücken wir uns!

Rektor (zu Chandom).

O nein! Die Orationes sind alle nur kurz! — Und so könnten wir jubilieren, mein lieber Chandom, wenn eine schwere Sorge nicht wäre.

Chandom.

Mon dieu! — Was ist denn arrivier? —

Rektor.

Ich fürchte, Ihr werdet Schlimmes mit uns erleben! — Ihr wißt, die langen Grenadiers stehen hier in Brandenburg und seine Majestät kommen oft zur Revue.

Hate (vorlaut).

Und wir müssen zu Hause bleiben!

Rektor.

Da haben nun einige Feinde des Guten dem Könige auf eine verhaßte Weise vorgestellet, es hielten sich allhier durch Nachsicht des Kommandeurs viele lange Schüler auf. Und der Oberstleutnant von Massow hat nun aus Pots=dam die strenge königliche Ordre mitgebracht, er solle alles, was groß wäre, sogleich aufheben.

Chandom.

Sacré nom de dieu! — Sehr slimme Sack! —

Rektor.

Vor sechs Tagen hat der Herr Kommandeur unser Ly=ceum besucht und ist durch alle Klassen gegangen. Unsere Großen hat er besonders gemustert, und alle sind auf=geschrieben.

Chandom.

Quel malheur! — O, if weißen! Wer eine mal at
die rote collet um die 'Als, der kann nit échappier!

Rektor.

Es ist ein Jammer! — Alle Tage erwarten wir nun
das Unheil! — Der Bürgermeister von Treuenbrietzen
hatte zwei Söhne bei uns in der Prima. Da er's er=
fahren, hat er sie sogleich nach Hause geholt. Andre,
die zu uns kommen wollten, haben abgeschrieben. Ach!
und unser armer Gottlieb Balhorn, was wird aus ihm
werden? — Der Unglückselige hat mehr als zehn Zoll,
da hört aller Spaß auf.

Chandom.

Oui, monsieur! Wer ist so groß, kommt unter die
lang Grenadiers, und wenn er wäre in die Afrique! —
Da 'elfen keine Suppliques!

Rektor.

Es ist mein bester Scholar in der Prima! Zum letzten
Actu hat er ein Thema in griechischer Sprache elaborieret
und die oration mit solcher eloquenz gehalten, daß alle
auditores seine applicationem rühmeten! — Was nun
mit ihm thun? — Schicken wir ihn fort, so wird er
auf freiem Felde gegriffen. So haben wir den armen
Kerl auf dem Boden versteckt, und die alte Marthe bringt
ihm das Essen.

Chandom.

Das ist ein slecker Festin pour le pauvre homme!

Rektor.

Auch mir ist alle Freude vergällt. Jeden Moment muß
ich denken: Jetzt holen sie Gottlieb, und er muß in die
Montur. Und die Schule wird zudem ruinieret!! —

Chandom.

O monsieur Carsted, die Sack is freilik nit gutt! doch — 'offt nur! Un pressentiment de mon cœur sagt mik, alles wird 'eute sein heureux! — Mais — ick nun will sehn mein logement bei die junge noblesse!

Bredow.

Kommt! Die Treppe dort hinten geht es hinauf! Wir logieren im dritten Stock.

Chandom.

Seer 'ool pour un alte invalide! — Adieu, monsieur le recteur! —

(Alle ab, außer dem Rektor.)

Rektor (für sich.)

Der alte Franzos sieht einem Haudegen ähnlicher als einem christlichen Informator. — Gott gebe, daß er wohl an den Junkern arbeite! — Und wenn doch der Herr auch mir den schweren Sorgenstein vom Herzen wälzen wollte! — Was soll aus der Saldria werden, wenn die Scholaren durch die Angst vor der Montur weggescheuchet werden?

(Langsam ab!)

Vierte Scene.

August und Gottlieb Balhorn. Der Schülerchor.

(August Balhorn, der Præfectus chori, aus dem Hintergebäude links kommend, tritt mit den Sängern auf und weist ihnen rechts den Platz bei dem Thorwege an, wo sie Herren von Stranz erwarten sollen.)

August.

Hier stellt euch auf, gleich am Thor! (Zu Leberecht Ziesler) Leberecht, du placierst dich vor der Mauer am Eingange, und giebst ein Signal, wenn du Herrn von Stranz über den Kirchhof kommen siehst.

Leberecht Ziesler.

Schön, Herr Präfektus, es wird besorgt. (Ab durch das Thor.)

Gottlieb
(erscheint rechts oben am Bodenfenster).

August, hier oben halt' ich's nicht mehr aus! Ich komme hinunter!

August.

Gottlieb! um Gotteswillen! bleib' oben, du rennst in dein Unglück.

Gottlieb (oben).

Soll ich etwa hier oben die Malzkörner zählen oder Mäuse dressieren, indes ihr feiert und schmaust?

August.

Höre mich, Gottlieb, ich rate dir gut. Bleib! Marthe soll dir Wein und Braten hinaufbringen. —

Gottlieb.

Ach was! Ich komme hinunter. Drei Tage sitze ich nun hier im dunklen Prison und blase Trübsal. Das ist schlimmer als in der Montur. — (Er kommt herunter.)

August.

Aber Gottlieb, Unglücksjunge! Willst du denn mut= willig dein Verderben! Haben sie dich erst bei den langen Kerls, dann lassen sie dich nicht wieder los.

Gottlieb.

Mag das Unglück seinen Lauf gehn! — Den ersten Tag war ich wild! Da bin ich wütend in meinem Käfig herumgelaufen und hab' mit dem Kopf gegen die Bretter= wand gestoßen, daß sie mich aus den studiis reißen wollen. (wehmütig). Hätt' wohl gern auf der Kanzel gestanden und unserm Herrngott Jünger geworben. — August! Es hat nicht sollen sein! — (entschlossen) Nun geht's unter die Sol=

baten! — Vielleich ist's ganz lustig bei den Grenadiers! — Bin auch wohl nun zu lang, noch die Schulbank zu drücken.

August.

Armer Vetter! Wozu treibt dich die Desperation? Weißt du, wie dir's gehen würde? — Tag für Tag fünf Stunden pfahlg'rade marschieren und blitzschnelle Handgriffe machen, und mit Fluchen und Karbatschen wirst du kujoniert! Es ist ein schlimmes Plaisir!

Gottlieb.

Dafür giebt's auch pünktlich Traktement!

August.

Ja freilich, des Morgens kannst du dir um 'nen Dreier Fusel und ein Stück Kommißbrot kaufen, mittags giebt's gequollene Erbsen, und dann bleiben dir immer noch zwei Pfennige zu Dünnbier übrig. Und bist du damit nicht content und willst räsonnieren, dann schließen sie dich kreuzweis' und fuchteln dich, daß dir die Rippen krachen.

Gottlieb (unsicher.)

Ach! August, es wird ja wohl nicht so schlimm sein!

August.

Weißt du denn nicht mehr, wie Lorenz Birk Weih=nachten vorm Jahre aus der Schule zu den Grenadiers lief und noch denselben Abend in die Montur gesteckt wurde? — Der dachte auch, nun ginge das gute Leben an. — Der arme Kerl! — Zwei Tage drillen! — dann desertierte er und verkroch sich heimlich bei uns unter dem Dache.

Gottlieb.

Freilich! Die ganze Saldria wurde von oben bis unten von den Unteroffiziers visitiert, und schließlich fanden sie ihn zitternd vor Hunger und Angst im Schornstein.

August.

Nun also, Gottlieb! Haſt du nicht geſehn, wie ſie ihn acht mal durch die Gaſſen gejagt haben, bis er zuſammen= ſank, wie ſie immer friſch drauf los hieben auf den zer= hackten Rücken, daß ihmbie blutigen Fetzen herunterhingen. So lernt man ordre parieren!

Gottlieb (kleinlaut).

Ja, es kann einem grauslich werden! —

Fünfte Scene.

Chandom, Bredow (aus dem Hintergebäude), **die Vorigen.**

Chandom.

Mon dieu, mon cher Bredow! Qu'y a-t-il? — Wer iſt der junge Mannsperſon, der räſonniert da vorne? —

Bredow.

Das iſt ja der lange Gottlieb, der unter die Soldaten ſoll!

Chandom.

Sacré nom de Dieu! — Er ſieht propre aus! — Jeune homme, will Er nit werden eine honnete Mus= ketier? — At er nit Vigueur? —

Gottlieb.

Sackerlot! — Ich will keinem raten, zu ſagen, daß ich keine courage habe.

Chandom.

Sapristi! — Die junge Mann gefällt mir! — Er 'at Mark in die lange Knocken! Will er nit avancier? — Lange soldats machen große fortune bei der Könik von Preuß!

Bredow.

Weiß der Himmel! — Ich wäre froh, wenn ich im Regiment placiert würde!

Gottlieb.

Wenn's sein muß, will ich auch schon meinen Mann stehen!

August.

Persuadiert ihn nicht um seiner armen Seelen Selig= keit! — Gottlieb! Herzbruder! Willst du deiner armen Mutter das Herz brechen, wenn du auch die Montur an= ziehst. — Monsieur de Bredow, es ist ihr letzter. Sein Bruder ist vor Stralsund vor zwei Jahren umgekommen. Da hat er ihr's heilig gelobt, ein geistlich Amt zu wählen und kein Soldat zu werden. — Und ich Armer hab' ihr's beim Abschied versprochen, nicht von seiner Seite zu gehn!

Gottlieb (ergriffen).

Meine Mutter! — Ja, wenn sie mich doch los ließen! — Aber wie ein armer Sünder unter das Dach kriegen, wenn sie mich holen wollen, das mag ich nimmer!

Chandom.

Arme maman! — Wenn sie 'at verloren eine Sohn in die bataille, soll der strenge Könik ihr nit nehm den letzt!

Gottlieb.

Mit Gewalt laß ich mich nicht fortschleppen! Laßt sie kommen! Ich will meine Freiheit teuer verkaufen!

Chandom.

. Bon, bon! Voilà le langage d'un brave soldat. Was abe ick gesagt, monsieur de Bredow? Er at dok vigueur! — Mein lieber Gottelieb, ick bin ein alte Offizier, aber jamais, jamais ein Frönd von der despotisme. Ich abe gedient mon roi et ma patrie! Mais sacré nom de Dieu! der große König Louis quatorze — er at nit gekonnt mik bezwingen zu schwören ab meine religion. Hélas, sie aben geschmied auf die galère mon pauvre frère, sie aben mik gedroht mit die torture: dame! ick bin nit geworden papiste. Je me suis défendu l'épée à la main, ick abe gegangen über der Grenz'. Bien plus! Ich abe gekämpft contre mon roi, weil ick nit abe gewollt sein son esclave. (Wild.) Eh bien! combattons!

Sechste Scene.

Ziesler und die Vorigen. (Trommeln hinter der Scene.)

Ziesler (atemlos).

Gottlieb! versteck dich! die langen Kerls kommen! Es wird Alarm geschlagen in der Neustadt! — Und gestern haben sie den langen Konrektor Finke vom Lyceo gegriffen und lassen ihn nicht wieder los!

August (trostlos).

Ach Gott! Nun ist alles verloren!

Gottlieb.

Himmel! — Jetzt wird's Ernst!

Bredow.

Gieb dich drein, Gottlieb!

Chandom (aufgeregt).

Oh, non, non, mon cher Bredow! Pas de lacheté! Courage, mes amis, courage!! Sie sollen nit nehmen mit Gewalt den langen Gottelieb! Allons! Wir werden uns défendier in diesem Off, wie der große roi de Suède, der berühmt Charles douze in die Turquie gegen 1000 Mann. — Garde vous, Aktung! Alle müssen jetzt sein auf ihrem Hut! Fermez la porte — Laßt uns maken eine barricade — apportez des planches! Bringt Balken und Steiner; wir verrammelieren die Thürweg und werden sie 'alten, bis der gute Gottelieb eschappier 'inten über die mur d'enceinte, die Moer von die Stadt. (Sehr laut.) En avant, mes braves enfants de la Saldrie. Au combat! —

(Allgemeine Aufregung.)

Ziesler.

Kommt, wir helfen Gottlieb! Sie sollen ihn nicht holen!

Ein zweiter Schüler.

Hurrah! Wir lassen ihn nicht fortschleppen!

Ein Dritter.

Laßt sie nur kommen! Wir wollen es ihnen schon zeigen!

Ein Vierter.

Das Thor wird verrammelt! — Sie sollen sich schon ihre Schädel einrennen! —

(Sie laufen in den Holzstall, holen Holzbohlen, in die Klassen, schleppen Bänke heraus.)

Siebente Scene.

Carſted und die drei anderen Stipendiaten. Die Vorigen.

Rektor.

Was iſt das für ein Lärm? — Gottlieb auf dem Hofe, und der Franzoſe wild und aufgeregt! — die Knaben verrammeln den Thorweg! — Halt! — Was geht hier vor? — Was fällt euch bei zu reboltieren?

Ziesler.

Herr Rektor! Es wird Alarm geſchlagen! — Die langen Kerls kommen! —

Rektor (niedergeſchlagen).

Großer Gott! Du prüfſt unſre arme Schule ſchwer! — (Gefaßter.) Doch wenn das Gefürchtete geſchieht, an uns iſt's nicht, Gewalt mit Gewalt zu vertreiben. Wird Un= recht an uns geübt, wir thun unſre Pflicht und Schuldig= keit. Der Franzos hat euch aufgehetzt. Der arme Tropf hat kein Vaterland. Sein König hat ihn aus der Heimat getrieben, und er hat die Waffen getragen gegen ſeine Brüder! — (zu Chandom) Was iſt ſein Vaterland? He?

Chandom.

Wo es mir geht gut, da iſt ma patrie!

Rektor.

Nun denn, wiſſ' Er's! Wir haben ein Vaterland! Wir ſind Preußen, und unſer allergnädigſter König und Herr verſchafft uns Reſpekt in ganz Europa! Drum dienen wir ihm treu und ohne Murren! 's iſt wahr! Oft liegt ſeine Hand ſchwer auf uns. Aber dennoch will ich mit keinem tauſchen, der jenſeits der preußiſchen Schlagbäume ſitzt. Denn bei uns iſt Ordnung, prompte Juſtiz und reines Chriſtentum. —

Hebt eure Herzen zum Himmel und betet zum gerechten Gott, daß unser König nicht in tyrannischem Gelüfte seinem hohen Amte der Gerechtigkeit untreu werde und sein Ohr der Stimme der Menschlichkeit verschließe! — Seine Majestät ist ein frommer Christ; schon manches gnädige Wort hat er zu mir gesprochen, wenn ich vor der Garnison hier vor ihm gepredigt. Ich will nach Potsdam und seine hohe Gnade anrufen; unser edler Gönner, der Herr von Strantz wird auch seine Fürsprache nicht refusieren. — Doch keine Gewalt! — Fort mit dem Plunder! (Die Barrikade wird weggeräumt.) Und Er leichtfertiger Franzose, nehm' Er seine Worte in acht, sonst werd' ich ihm zu begegnen wissen! — In der Saldria werden keine Revolten movieret! —

Chandom.

O monsieur Carsted, Ihr seid sehr impoli, aber Vigueur 'abt Ihr auch!

(Es klopft stark gegen die Pforte der Mauer.)

Gottlieb, Auguft.

Da sind sie!

(Es klopft zum zweiten Male.)

Rektor.

Ruhe, meine Kinder! Ruhe! Öffnet das Thor!

Achte Scene.

Ein Unteroffizier mit zwei oder drei langen Grenadieren tritt auf.

Rektor (gebeugt).

Gott! gieb uns Kraft zum Schweren, was nun kommt!

Unteroffizier.

Grenadiers, halt! — Ist der Rektor Carsted hier? —

Rektor.

Ich bin's! — Was steht zu Diensten?

Unteroffizier.

Der Oberstleutnant von Massow läßt an den Herrn Rektor Carsted seinen Respekt vermelden und schickt beifolgenden Brief. Auf Antwort wird gewartet. —

Rektor.

Himmel! — Ich weiß den Inhalt! — (Liest.) „Mein lieber Rektor! Auf Befehl Seiner Majestät unsres allergnädigsten Königs und Herrn — (*er hält inne. Angstvolle Pause. Er sieht wieder auf das Blatt und liest überrascht und freudig erregt weiter*) verläßt unter heutigem dato das Bataillon der königlichen Grenadiers Brandenburg und nimmt seine Kantonnements in Potsdam." —

Dank sei dir, Allmächtiger!

August (von Freude hingerissen).

Gottlieb!

Gottlieb.

August!

(*Sie umarmen sich.*)

Bredow.

Er ist gerettet. — Hurrah!

Chandom.

Parbleu! Wenn die grenadiers rücken aus, brauken wir nit uns défendier!

Rektor (liest weiter).

Dies schreib' ich Ihm, mein lieber Rektor, weil ich an Ihm ein sonderbares Gefallen getragen und ich Ihn auch hinfüro gern favorisieren will. Als ich neulich durch Seine Schule ging, hat mich der Flor des Lycei über die Maßen divertieret; die mores, die Applikation und die Frömmigkeit der adeligen und bürgerlichen Jugend haben mir so wohl gefallen, daß ich mich sogleich resol= vieret, meine vier Söhne, die bis anhero die Ritterschule frequentieret, in seine disciplinam zu geben.
Mit Anwünschung alles Guten
Euer wohl affektionierter Obristlieutenant
von Massow.

Rektor.

Kinder! Das ist ja Glück über alles Hoffen und Erwarten! — Mein lieber Gottlieb, alles ist gut geworden!

Bredow.

Da bekommen wir nette Kameraden!

Otterstädt.

Dann sind wir entre nous!

Rektor.

Korporal! Sag' Er dem Herrn Oberstleutnant: wir sind jede Stunde bereit, seine lieben Söhne als alumnos zu rezipieren.

Unteroffizier.

Zu Befehl! — Bataillon kehrt! Vorwärts marsch! —
(Ab mit den Grenadiers.)

Ziesler

(springt ihnen nach vor die Mauer und kommt zurück).

Er kommt! Er kommt! Herr von Stranz ist schon auf dem Kirchhofe!

August.

Nun denn, ihr Sänger, stimmt den Hymnus für unseren hohen Gönner an.

Rektor (zu Bredow und Chandom).

Die Musik ist von Händel, dem großen Musico in Hamburg. Er hat sie mir überschickt, da ich vormals in Halle meine studia mit ihm getrieben.

Neunte Scene.

Herr von Stranz. Die Vorigen.

Die Sänger beginnen sogleich (nach der Melodie aus Händels Judas Maffabäus: Seht er kommt mit Preis gekrönt!):

Saldria war ganz zerstört,
Und erblichen war ihr Glanz.
Da hat weiterm Fall gewehrt
Unser edler Herr von Stranz.
Weiht dem Gönner hochgeehrt,
Weiht ihm einen Lorbeerkranz!

Bredow (tritt vor und spricht zu Herrn von Stranz):

Beglückte Saldria! O sing' in vollen Tönen
Den freudenreichen Tag, der heute dir erscheint.
Der edle Herr von Stranz will unser Fest verschönen;
Er bleibt auch fernerhin der Schule guter Freund.

Lang war der Sonne Licht durch Wolken gar verhüllet,
Der edlen Saldrin Hof glich ganz der Wüstenei,
Doch nun ist unsre Not für alle Zeit gestillet,
Und Saldria frohlockt von allem Kummer frei!
Dir günstigem Patron sei Dank für alle Gaben,
Die du in mildem Sinn der Schule zugewandt.
Vor allem preisen dich heut froh die edlen Knaben,
Die nun zurückgeführt durch deine Segenshand.
Noch lange, würd'ger Greis, geneuß der Wohlthat Segen,
Die unsre Schul' erweckt aus langer Trübsalsnacht,
Und deines Namens werd' hinfürder allerwegen,
Wie unsrer Gründerin in Liebe stets gedacht. —

Herr von Stranz.

Dank euch allen, daß ihr mein Herz innig erfreut.
Doch allzu laut preist ihr, was ich der Schule Gutes ge=
than. Wenn Saldria heut in Blüte steht, ist es vor
allem dem neuen Geiste zu danken, der in die Hallen
eingezogen, seit (auf Carsted hinblickend) wackre Männer voll
heiliger Glut für der Kinder Wohl des Schulamts walten.
Der fromme Geist der Liebe, der für das Gedeihn der
Jugend willig alles opfert, der, ohne eitlen Ruhm zu
suchen, Samenkörner streut, den folgenden Geschlechtern
zum Segen, der hat das Haus neu erbaut, der hat die
Schule gefüllt, daßnun die Räume zu eng werden für die
fröhlich wachsende Schülermenge. Und darum will auch
ich am heut'gen Tage der Liebe dienen. Mein Haus,
das ich hier am Kirchhof erkauft, nach meinem Tode soll's
der Schule zu eigen sein, Lehrern und Schülern zur
Wohnung! — Saldria aber blühe weiter bis zur fernsten
Zeit und bringe stets so edle Frucht wie heute!
(Allgemeine Bewegung.)

Bredow.

Vivat Herr von Stranz!
(Alle fallen ein:)
Vivat unser hoher Gönner!

Rektor.

Das Wort vermag nicht auszudrücken, was unsre Herzen freudig bewegt. Drum singt unserm eblen Mäce= naten noch einmal aus vollen Kehlen euer Danklied!

Gesang:

Saldria war ganz zerstört,
Und erblichen war ihr Glanz.
Da hat weiterm Fall gemehrt
Unser edler Herr von Stranz.
Weiht dem Gönner hochgeehrt,
Weiht ihm einen Lorbeerkranz.

(Während des Gesanges überreicht Fritz von Briest Herrn von Stranz auf einem Kissen einen Kranz, den er von Rührung ergriffen entgegennimmt.)

Ende des zweiten Bildes.

Zweites Zwischenspiel.

Ort der Handlung wie im ersten Zwischenspiel.

Festgenosse.

Das war für Saldria ein heißer Tag!
Fürwahr! ein scharfer Wind fegt' durch die Stadt,
Da Friedrich Wilhelm seinen Krückstock schwang
Und drüben auf dem Markt Rekruten drillte!
Fast wundert's mich, daß er den Riesen Roland
Nicht auch sogleich in die Montur gesteckt!
Wärst du ihm so zur Mitternacht begegnet,
Er hätt' dich arretiert ohn' Federlesen!

Roland.

Kann sein! Gar oft hat er mich angeblitzt
Mit seinem Späheraug' der strenge Herr,
Und seinen Willen hab' auch ich verspürt!
Vor alters stand ich mitten auf dem Markt,
Doch war ich seinen blauen Kerls im Wege,
Wenn sie dort übten den Paradeschritt!
Da hieß es: Alter Knabe, Platz gemacht!
Und dicht ans Rathaus ward ich fortgerückt.

Festgenosse.

Ja, vor der alten Zeit macht er nicht Halt,
Und vorwärts! rief sein ruheloser Geist.

Roland.

Doch macht der Ries' ihm seine Reverenz,
Denn aus dem furchtsam zagenden Geschlecht
Hat ein Spartanervolk er sich gebildet,
Und frei und stolz drängt's nun sich zu den Waffen.
Schau Saldria in neuer Zeit. Zwar ist's
Nicht mehr die alte Schule. Sie verging
In trüber Zeit. — Doch an der alten Stätte
Wuchs eine neue auf mit hohem Ziel.
Den Bürger will fürs Leben sie erzieh'n,
Daß er gewachsen sei der neuen Zeit.
In harter Arbeit, mit Gefahren ringend
Ist fröhlich sie gediehen und erstarkt.
Zur großen Stunde sammelt sie die Kräfte,
Da für die höchsten Güter Deutschland kämpft.
Sieh unsre Saldria am Erntetag,
Ob sich bewährt, was sorglich sie gesät.

Festgenosse.

Was werd' ich schau'n! Ist's unsrer Tage Bild?
Erscheint ihr mir, Genossen meiner Jugend?

(Der Vorhang hebt sich. Das dritte Bild beginnt.)

Drittes Bild:

Am Sedantage 1870.

Perfonen:

Der Direktor der Saldria.
Robert Jäger, Kaufmann.
Heinrich Bürger, Architekt.

Hubert,
Hans,
Willy,
Max,
Bernhard,
Franz,   } Schüler der Saldria.
Karl,
Richard,
Paul,
Frih,
Otto,
Waldemar,

Ort der Handlung: Platz vor der neuen Saldria an der Havel.
Zeit: 1870.

———

Erste Scene.

Robert, nachher Heinrich (tritt auf, verwundert umherblickend).

Robert (im Reiseanzuge).

Wahrhaftig! Ich finde mich in meinem alten Bran=
denburg nicht mehr aus. Hier ging einst von der Brücke
eine enge Gasse zur Kirche und zum alten Kloster. Das
dunkle Gemäuer war von Epheu umgrünt; es reichte fast
bis an den Strand, und dort nach dem Thore zu führte
ein Damm, auf beiden Seiten Sumpf und Weidenbüsche.
Und nun ist alles verwandelt! Hier rechts prangt ein
lieblicher Hain, dort drüben reicht ein breiter Platz bis
an die Kirche. Das Kloster ist gefallen, die Bäume sind
verschwunden, und an der alten Stelle steigt ein präch=
tiger Ziegelbau auf. Was mag es sein? — Er schaut
gar stattlich zur Havel herüber. — (Heinrich tritt auf, in der
Uniform eines Freiwilligen.) Vielleicht giebt der Soldat mir
dort Bescheid! — (Er nähert sich ihm.) Verzeihung! — (Erstaunt.)
Doch seh' ich recht? — Heinrich! —

Heinrich.

Darf ich meinen Augen trauen? Robert, mein Herzens=
freund; bist du's denn wirklich?

Robert (umarmt ihn).

Ja, Heinrich, mein alter, lieber Junge; ich liege an
deiner Brust!

Heinrich.

Du hast dich stark verändert; kaum vermocht' ich aus
dem Bart die alten Züge herauszulesen! —

Robert.

Ja, hab' auch manches erlebt drüben über dem großen
Wasser. Nun, Heinz, das ist ein guter Stern, der uns
heut noch zusammenführt. Morgen, denk' ich, geht's nach
Frankreich, um die roten Hosen mit auszuklopfen. Und
wer weiß, wer sich nachher noch wiederfindet! —

Heinrich.

Robert, du bist heimgekehrt?! — Freilich, wen hielt's
jetzt fern vom Kampfe! Wer griffe jetzt nicht zum Schwert,
wo Deutschlands Lose in der Wagschale ruhn. Du siehst,
ich trage auch des Königs Rock. Und doch kann ich's
kaum glauben, dich zu sehen! Übers weite Meer bist du
hergeeilt? —

Robert.

Wie sich's gehört, alter Freund, für einen märkischen
Reservemann!

Heinrich.

Aber dein letzter Brief aus Illinois vor 5 Jahren
klang so ganz anders. Du schriebst voller Freude, wie
dein junges Geschäft vorwärts käme. Von der Heimat
sprachst Du kühl, schienst ganz Amerikaner, und ich klagte
damals: Wieder ein braver Deutscher dem Vaterlande
verloren!

Robert.

Ja, Heinrich, gesteh' ich's nur! Ich hatte Deutschland
vergessen. Ich war zu praktisch geworden; der Ameri=
kaner hat für solchen Gemütsluxus keine Zeit. Als ich
hinüber kam, da erschien mir dort alles so großartig, so
frei, so machtvoll! Jeder Mann zimmert sich sein eigenes
Glück und gilt nur, was er leistet. Ich lächelte über die
deutschen Träumer. Wann werden sie je, dacht' ich, aus
ihrer Ohnmacht und Zwietracht aufstehn? Drum fühlt'
ich mich glücklich als Bürger der neuen Welt, des freien
Amerikanervolkes. Wie staunt' ich nun, als ich vernahm:

Deutschland befreit sich von den Ketten Habsburgs, die
es viele Jahrhunderte getragen. Sollte wirklich ein neues
Reich auferstehn? — Und nun im Juli das Sturmge=
läute, von der See bis zum steilsten Alpengrat! — All=
deutschland, frech herausgefordert, einig den Erbfeind, der
zum Beutesprunge ausholt, heimzujagen, — Herzbruder!
— wie ein Frühlingssturm braust' es mir durch die Brust.
Weggefegt war alle Eigensucht, die Eisesrinde schmolz
mir ums Herz, heiße Freudenthränen fand ich. Ich fühlt'
im Innersten, ich war wieder ein Deutscher!

Heinrich.

Mein lieber Robert! Ganz noch der Alte aus unserer
Jugendzeit! —

Robert.

Durch alle Glieder zuckt' es mir, hinüber, mitzukämpfen!
Unter den kalten Yankees hielt ich's nicht aus. Sie
rümpften die Nase und lächelten höhnisch, als das große
Gottesgericht begann. Da riß ich mich los von allem,
was mich dort festhielt. Glück genug, daß ich mein Ge=
schäft mit Vorteil verkaufen konnte. Das Schiff trug mich
über den Ozean, zu langsam für meine Ungeduld, und
so bin ich nun hier, Heinz, um von der Heimat nach
dem Kriegsschauplatze abzugehen!

Heinrich.

Welch' große Zeit! Alle fernen Söhne ruft Deutsch=
land zurück an seine Mutterbrust. — So sei willkommen
hier, du Wiedergewonnener!

Robert.

Doch dich dacht' ich nicht mehr hier zu finden. Mußt'
ich doch glauben, daß du unter den ersten an die Grenze
gerufen würdest.

Heinrich.

Auch ich bin von fern her heimgeeilt, um ins Heer
zu treten. Du weißt, immer war's mein schönster Traum,

6

das Wunderland Italien zu sehen und mich in die herr=
lichen Bauwerke der Alten zu vertiefen. Aber wie konnte
der arme Schlucker an die Erfüllung solchen Traumes
denken? — Da, als ich mein Baumeisterexamen gemacht,
glückte es mir, einen Preis zu gewinnen, und ich konnte
den langgehegten Plan ausführen. Dort traf mich nun der
Kriegslärm mitten in Genüssen und Studien. Da hieß
es schleunigst heim! Früher war ich zum Soldaten zu
schwach, doch jetzt haben sie mich als Freiwilligen noch
brauchen können und ich bin fertig zum Ausrücken! —

Robert.

Nun, da werden am Ende, die auf einer Schulbank ge=
sessen, nun auch nebeneinander die Flinte schultern! —
(Treuherzig) Ach, Heinz! — mein Heinz! — Du glaubst
gar nicht, wie ich glückselig bin, hier im alten Branden=
burg! — Jedes Haus, jedes alte Gesicht heimelt mich
an. Und doch kennt mich keiner mehr und schüttelt den
Kopf über den seltsamen Kauz, wenn ich ihnen vergnügt
zunicke! Eben war ich auf dem Wege zu unsrer alten
Saldria; es ist mein erster Gang. Die alten Linden auf
dem Schulhofe muß ich wiedersehn! Doch, ach! ich fürchte,
alles ist verändert. Schon auf dem Wege finde ich
mich nicht mehr zurecht. -

Heinrich.

Ja freilich, Robert, die alte Saldria findest du nicht
mehr. Das Haus steht noch auf der alten Stelle, aber
Lehrer und Schüler sind ausgezogen. Schau hier, das
mächtige Gebäude neben der Kirche!

Robert.

Das eben staunte ich an, und wollte dich fragen,
was es sei! —

Heinrich.

Das ist die neue Saldria. Ein stattlicher Bau, nicht
wahr? Im Hofe an der Gotthardskirche war kein Raum

mehr für die Menge der Knaben. Da hat sich nun die Schule den stolzen Platz an dem Havelstrom erobert, den schönsten in der ganzen Stadt!

Robert.

Ja, mit der Salbria muß es vorwärtsgegangen sein! Das schöne, weite Haus mit den prächtigen Hallen! Ach Heinz! — aber die Knabenzeit dort auf dem schattigen Hofe an der grünen Stadtmauer, die vergeß ich nimmer! 's'war doch 'ne schöne Zeit!

Heinrich.

Ja, alter Junge! Was haben wir alles miteinander erlebt — (lächelnd) und verübt!

Robert.

Nun! du warst mehr der Musterknabe, frei nach Pestalozzi, das Entzücken der Lehrer, aber ich — war allezeit ein Thunichtgut!

Heinrich.

Ein wilder Bursche freilich; du hießest ja in der ganzen Schule Robert der Teufel!

Robert.

Ja, Heinz, ich war ein nichtsnutziger Bengel. Es wird mir heute manchmal schwer ums Herz, wenn ich denke, wie sauer ich's meinen Lehrern gemacht habe. Der einzige Trost ist, an Prügeln hat's nicht gefehlt. Die Vielgeplagten haben sich nach Kräften revanchiert.

Heinrich.

Nun so arg war's doch schließlich nicht!

Robert.

Laß' nur gut sein! — Ich war schlimm, und sie waren schlimm. — Schon in der Elementarklasse fing's

an! Weißt du, bei dem alten Hanne Jiebe in der Schreib=
stunde, wenn die Polizisten immer in der Klasse vigilier=
ten, ob einer nicht Dummheiten machte!

Heinrich.

Ja, dann gab's eine Null!

Robert.

Das Schreiben im Takt war aber auch gar zu langweilig.
Drum ließ ich die Stahlfeder immer mitsingen. Da reg=
nete es dann Nullen und Achten, und der alte Herr freute
sich diabolisch, wenn das Sündenregister voll war.

Heinrich.

Ja, ihr standet immer auf dem Kriegsfuße! — Nun,
wir rückten ihm ja bald aus und kamen nach Sexta!

Robert.

Da ging's mir auch schlecht, im Singen saß ich auf
der Knurrerbank. Der Ordinarius aber hatte es auf
meine Nase abgesehen und stüberte mir allmählich eine
Riesengurke daraus.

Heinrich.

Aber über unsern guten Quartus konntest du dich
wohl nicht beklagen!

Robert (lachend).

Mit den drei Brillen! Ach, es war eine gute Seele,
aber ich grolle ihm doch noch im stillen! Wir Schlingels
wußten wohl, daß er trotz aller Vergrößerungsgläser blind
war und qualmten ihm während der Stunde wie toll
unter die Nase! —

Heinrich.

Aber einmal merkt' er's doch! Wir warfen alles Ver=
dächtige durchs offene Fenster auf Nieblichs Hof, aber
du Armer wurdest visitiert, und da fand sich etwas Hartes!

Robert.

Er wollte durchaus nicht glauben, daß es eine Wurst sei. Als aber ein Ende Rolltabak zum Vorschein kam, da gab es eine, daß es rauchte!

Heinrich (lacht).

Ja, es war ein Hauptspaß! — Nun schließlich kamen wir ja auch aus den Flegeljahren heraus!

Robert.

Weißt du, ich bin auf der Salbria nie recht herausgekommen. Mein Elend fing erst recht an in Sekunda und Prima. — Sag' mal, lebt unser Rektor noch? —

Heinrich.

O, er ist noch ganz der Alte! Vor einem Jahre, als ich nach Italien reiste, hat er auch noch nach dir gefragt. Ich mußte ihm alles erzählen, was ich wußte!

Robert.

Wahrhaftig! Er denkt meiner noch freundlich? — Das ist schön! — Weißt du, aber manchmal hat er doch barbarisch mit uns aufgeräumt!

Heinrich.

Ja, mit Glacéhandschuhen hat er uns freilich nicht angefaßt.

Robert.

Wenn wir zu spät zur Stunde läuteten, weil die Präparation noch nicht fertig war, dann rieb er's uns immer gehörig unter die Nase. Wie oft hat er mir das Loch im Fußboden gezeigt, durch das ich im Examen fallen würde. — Einmal aber hat er mich — und das habe ich ihm viele Jahre nicht vergessen — ganz ungerechterweise einen dreijährigen Säugling genannt, mich, einen Primaner!

Heinrich.

Ja, ja, Robert, ich besinne mich, das war, als wir den mathematischen Aufsatz abgeschrieben haben sollten, und wir hatten ihn doch ausnahmsweise ganz selbständig gemacht!

Robert.

Nun also! — Da hab' ich ihm finstere Rache ge=schworen! Er mußte wohl auch merken, daß wir tief ge=kränkt waren. Zur Versöhnung erzählte er die Geschichte aus seinem Leben, wie er in seiner Jugend bei Potsdam eine Wasserpartie gemacht hätte und beinahe im Sturm untergegangen wäre. Ich muß wohl ein wütend mord=lustiges Gesicht dazu gemacht haben, denn plötzlich stand er vor mir und sagte: Nun, Robert, Sie sehen ja aus, als wünschten Sie: Wär' er doch nicht wieder herausge=kommen. — Und wahrhaftig, das war mein Gedanke ge=wesen! —

Heinrich.

Aber wir haben was Tüchtiges bei ihm gelernt, Robert.

Robert.

Das will ich meinen, und ein braver Mann ist's, vor dem wir Respekt hatten.

Heinrich.

Was dank' ich ihm alles! Ich war ein armes Waisen=kind. Da hat er mir Freischule geschafft, für Bücher ge=sorgt, kam öfter, sich nach mir umzuschauen, und wenn er fand, daß es schmal aussah, dann half er zu rechter Zeit.

Robert.

Ja, Heinrich, du warst sein Liebling. Aber ich hab' auch an ihn gedacht, da drüben in Amerika. Wenn ich mich in den Strudel der Vergnügungen stürzte und im tollen Wirbel die Pflicht vergaß, dann glaubte ich immer seine ernste

Gestalt zu sehen. Seine lebendigen Augen blickten mich streng an und schienen zu sprechen: Vorwärts! Patron! Vorwärts! Nicht zur Seite geschaut! — Und merkwürdig — dann ging's immer am nächsten Tage rüstig weiter. So hab ich's schon zu etwas gebracht, und nun möcht ich wohl vor ihn treten und ihn fragen, ob er nun mit mir zufrieden?

Heinrich.

Dazu kann Rat werden, wenn die Schule aus ist.

Robert.

Ja, aber wir haben keine Zeit zu verlieren, um auf den Kriegsschauplatz zu kommen, wenn wir noch mitschlagen wollen. — Die Deutschen machen rasche Arbeit. Was ist alles in dem einen Monat geschehen! Der Feind von der Grenze zurückgeworfen, seine Heere völlig geschlagen, Metz eingeschlossen, und die Deutschen im weiteren Vorrücken!

Heinrich.

Und schon bereitet sich eine neue große Entscheidung vor. Mac Mahon zieht nach der unteren Maas, um von da den eingeschlossenen Bazaine zu entsetzen. Aber die Deutschen sind ihm auf den Fersen und an der belgischen Grenze wird in einer großen Schlacht gerungen. Was wird geschehen?

Robert.

Nun, Gott geb' es, daß wir ihnen den alten Übermut gründlich heimzahlen!

Zweite Scene.

Knaben springen jubelnd aus dem Gitterthor des Schulhofes.

Hubert, Hans, Richard, Bernhard, Franz, Karl; Willy, Max,
Otto, Waldemar, Fritz, Paul.

Hubert.

Hurra, Napoleon ist gefangen!

Hans.

Wir haben frei! Sedan ist über!

Alle.

Hurrah! Hurrah!

Heinrich.

Höre doch, Robert, was die Knaben rufen.

Robert (im höchsten Erstaunen).

Ist es denn nur möglich? — (Zu den Kindern) Sagt,
ihr Knaben, was ist denn geschehen?

Hubert.

Kaiser Napoleon hat sich ergeben! Die ganze französische
Armee in Sedan ist kriegsgefangen. Der Direktor hat
die Depesche eben zugeschickt erhalten.

Willy.

Wir haben auf den Saal gemußt, es hat freigegeben!
Hurrah!

Alle.

Hurrah!

Robert.

Ist's zu glauben! Welch' neuer unermeßlicher Triumph!
Der stolze Kaiser und die Armee in unsern Händen! —
Das ist eine Schicksalsfügung ohne gleichen! —

Heinrich.

Ach, Robert! Ich kann das Ungeheure noch nicht fassen! —

Hans.

Der Direktor hat eine Rede gehalten und gesagt, nun müßte König Wilhelm Kaiser werden!

Waldemar.

Ja! Kaiser von Frankreich, hat er gesagt. (Die anderen lachen.)

Hans.

Ach, Waldemar! Das hast du nicht verstanden; — deutscher Kaiser! —

Waldemar.

Er hat's doch aber gesagt!

Hubert.

Und dann haben wir „Nun danket alle Gott" gesungen, und nun konnten wir nach Hause gehn! —

Robert.

Na, Jungens, an den heutigen Tag werdet ihr noch denken, solange ihr lebt. — Das ist ein Jubeltag für alle deutschen Gaue!

Hubert.

Ach! wenn wir doch schon groß wären, dann hätten wir's auch den großmäuligen Franzosen geben wollen! — (Zu Robert und Heinrich). Warum seid ihr denn nicht im Kriege? —

Robert.

Morgen geht's nach Frankreich, mein Junge; der Weg von Amerika ist weit! —

Willy (überrascht).

So weit kommst du her? — Das ist brav von dir! —

Hubert.

Ja, um mit einzuhauen, sind wir noch zu klein! Dafür spielen wir alle Tage Krieg, daß wir's bei zeiten lernen! — Nicht wahr, Willy? Gestern war's schön? —

Willy.

Ei freilich, da haben wir den Marienberg gestürmt! — Wißt ihr, wir wollen die Einnahme von Sedan spielen. Ich bin König Wilhelm und du Napoleon! —

Hubert.

Nein, Willy, heute mußt du den Franzmann spielen. Gestern warst du den ganzen Nachmittag Preußenkönig.

Willy.

Ach! Das ist aber heute ein schlechter Spaß! Napolium bei Sedan! — Na, meinetwegen, aber nicht zu grob, Hubert!

Hubert.

I wo! Nur die bekannten deutschen Hiebe! —

Robert.

Sieh, Heinrich, das ist Jung Saldria. 's sind muntre Jungens! Ganz wie wir vor 20 Jahren!

Heinrich.

Ja, 's ist eine Freude zuzuschau'n.

Robert.

Wir wollen zur Seite treten, daß wir ihr Spiel nicht stören.

Hubert.

Jetzt, hört, wählen wir unsere Soldaten. Hans, du bist Moltke.

Hans.

Hier! Wir wollen einen schönen Schlachtplan machen: wart' nur!

(Geht in den Hintergrund um zu meditieren.)

Willy.

Na, Max, dann mußt du Mac Mahon sein!

Max.

Gut! — Aber denkt nicht etwa, Max Mahon konzentriert sich rückwärts! — So sind wir nicht!

Hubert.

Hoho! Das wollen wir sehen! — Richard, du bist Kronprinz Fritze!

Richard.

Sehr angenehm! — Immer feste auf die Weste!

Willy.

Nun brauche ich noch einen Turko. Wer will das sein? —

Paul.

Ich, Willy, ich! — (Streift die Ärmel auf, mit hohler Stimme) Rrrevanche! — Ich wittre Menschenblut! —

Hans.

Nein, hört, der dicke Paul beißt immer als Turko! der darf's nicht sein!

Willy.

Laß ihn nur! — Er wird's heute nicht thun.

Hans.

Nicht beißen, Paul! Sonst giebt's einen Maulkorb!

Paul.

Na, denn nicht!

Hubert.

Nun müssen wir noch ein paar Ulanen zum Rekognoszie=
ren haben! — Bernhard und Franz! ihr seid flinke Jungens
Kommt!

Bernhard und Franz.

Da sind wir! Man immer druff!! —

Hubert.

Und dann muß ich noch einen Dicken als Bayern
haben, der ordentlich dreinhaut! — Karlman, das kannst
du übernehmen.

Karl.

Potz Spatenbräu! — Wir woll'n ihnen die Knödel
schon einsalzen!

Max.

Aber nicht zu viel devaschtieren, Dicker!

Karl.

Ne, ne! Heit woll'n mer halt bloß moderiert ver=
wüschte!

Willy.

Da bleibt nur der kleine Rest für die grrrande nation.
Fritz und Otto, ihr könnt chasseurs sein.

Otto, Fritz.

Hurrah! Kavallerie zu Fuß!

Willy.

Und der kleine Waldemar ist Lulu.

Alle (hänseln Waldemar).

Hä! hä! das kleine Luluchen!

Hans.

Halte dich nur an Papas Rockschletten fest!

Hubert.

Nun geht's los! Wir ziehn uns zum Kriegsrat zurück, und Moltke entwirft einen Schlachtplan. Dann greifen wir an.

Willy.

Bon! Kommt nur!

(Die Preußen treten nach vorn rechts abseits.)

Hans (leise).

Hört! Wir teilen uns in zwei Armeekorps, das erste Korps, Hubert, ich und Franz, greift von vorn an. Das zweite Korps, die übrigen schleicht sich dort an den Bäumen hinüber und fällt den Franzosen in den Rücken, wenn wir Hurra rufen! Dann nehmen wir Napoleon und Lulu ge= fangen!

Willy (ruft herüber.)

Moltke, halte doch nicht so lange Reden!

Richard.

Hoho! Der Schlachtplan ist schon fertig.

(Ab mit den andern.)

Max.

Nun, wir sind auch bereit, bis auf den letzten Ga= maschenknopf! —

Willy

(zu seinen Genossen im Hintergrunde).

Söhne der Grrrande nation! Europa sieht auf uns! Also frisch drauf los mit der Kugelspritze! Wir verhalten uns defensiv und bleiben in der Nähe der Treppe, da= mit wir den Prussiens keine Blöße geben! Lulu, halt' dich tapfer!

Heinrich (tritt mit Robert etwas vor).

Jetzt beginnt die Bataille. Siehst du, da kommen die Deutschen schon wie das Donnerwetter!

Hubert, Hans, Franz (stürmen auf die sechs an der Treppe stehenden.)

Hubert.

Nu man druff! Hurrah! —

Hans, Franz.

Hurrah! —

Willy.

Mut, eble Söhne Frankreichs! Keinen Stein von der Saldria!

Richard, Bernhardt, Karl
(von der andern Seite).

Hurrah!

Karl.

Haut ihm! (stürzt sich auf Waldemar.)

Hubert.

Ergieb dich, Napolium, sonst wirst du verhauen!

Willy.

Zurück, elende Prüssiens!

Hubert und Hans
(schleppen Willy nach links hinüber).

Napolium ist perdu! Er muß in den Hungerturm.

Karl.

Und hier haben wir Lulu!

Richard.

Komm, Kleiner! Papa sitzt schon im Prisong! (Sie fassen Waldemar und schleppen ihn fort.) Hurrah!

Waldemar.

Hilfe! Hilfe!

Robert (tritt vor).

Heinz, jetzt wird die Sache Ernst!

Dritte Scene.

Der Direktor tritt auf.

Direktor.

Halt da! ihr Knaben, was macht ihr für einen Höllen=
lärm?

Hubert.

Herr Direktor, wir spielen Sedan!

Hans.

Oh! wir haben schon gesiegt!

Waldemar (weinerlich).

Karl Hoppe knufft mir immer!

Direktor.

Nun, ihr vollführt hier vor der Schule ein Geheul,
nicht wie tapfere Krieger, nein, wie wilde Indianer. —
Wohl ist heut' ein Tag des Jubels und des Dankes.
Wir werden nimmer seinesgleichen wiedersehen. Aber
wahrlich, unziemlich ist's, an einem Tage, da unser Herr=
gott im Schlachtendonner Gericht gehalten, übermütig zu
lärmen. — Denkt ihr wohl daran, wieviel Blut geflossen,
um Frankreichs Heere zu zerschmettern? Eure Väter, Eure
Brüder kämpfen mit im Heere. Niemand weiß, ob der
Herr in der Schlacht sie gnädig beschützt hat.

Hans (kleinlaut).

Ja, Papa ist auch dabei!

Hubert, Willy.

Daran haben wir nicht gedacht.

Direktor.

Drum laßt das Toben und geht gesittet heim! (Er erblickt Heinrich und Robert) Doch wen seh' ich dort? — Du
bist's, mein lieber Heinrich?
Die Mutter sagt mir's schon, daß heim du kehrtest.

Heinrich.

Ja, Herr Direktor! Alle ruft's nach Haus,
Mit ihrem Schwert die Heimat zu beschützen.
Doch bring' ich Euch hier einen alten Freund!
Schaut ihn nur an, ob Ihr ihn nicht erkennt!

Direktor.

Fremd scheint mir das Gesicht, und doch vertraut.
Der Vollbart stört mich! Doch die treuen Augen
Mit ihrem Schelmenblinzeln hab' ich schon geseh'n!
Der hat einst auf der Schulbank mir gesessen.
Wär's Robert Jäger? — Hab' ich recht geraten?

Robert.

Mein treuer Vater! Ihr habt mich erkannt.
Wie schwillt die Brust mir von der hohen Freude!

Direktor.

Doch sag' wie kommst du übers weite Meer?
Für immer schienst du uns entrissen ja.

Heinrich.

Gottlob! Auch er ist wieder uns gewonnen,
Nun Deutschland eins, will er auch unser sein.

Direktor.

So öffnet dir die Heimat weit die Arme
Zu freudigem Willkommensgruß, mein Sohn!
Doch sag', wie ist's ergangen dir dort drüben?

Robert.

Manch' harter Stoß hat mich den Ernst gelehrt,
Der einst dem wilden Knaben oft gefehlt.
Doch hab' ich fern da draußen stets im Busen
Des willensstarken Mannes Bild getragen,
Der mich als Knabe rastlos vorwärts trieb.
Und heute tret' ich fragend vor Euch hin,
Ob mit dem Schüler nun zufrieden Ihr?

Direktor.

Daß hier der Knab' zum Manne ist gewachsen,
Das zeigt dein wetterbraunes Angesicht,
Doch ist's der starke Wille nicht allein,
Der in dem Schicksalssturme sich bewährt.
Eins giebt's, dem sich die Kraft in Demut neigt,
Das Ew'ge ist's, das von dem Himmel stammt.
Doch in dir ist der Funke nicht erloschen,
Den einst die Schule dir ins Herz gesenkt.
Dort drüben hattest wild du nach Erwerb gehascht;
Doch als dich heiße Sehnsucht nun ergriff,
Wo Deutschland seine Einheit sich erkämpft,
Mit uns zu kämpfen, und will's Gott — zu sterben,
Das höchste Opfer hast du frei gebracht,
Drum grüß' ich dich als echten deutschen Mann
Und rühme stolz nun meines Schülers mich.

Robert.

Ihr habt ihn uns gelehrt, den deutschen Sinn.
Oft haben mit Begeist'rung wir gelauscht,
Wenn unser Kirchner, heil'ger Sehnsucht voll,
Den Tag herbeirief, da das deutsche Land
In neuer Kaiserherrlichkeit ersteh'!

7

Heinrich.

Nun ist er da, der große Jubeltag!

Direktor.

Ja, alles ist erfüllt, was wir geträumt.
Nichts scheidet mehr die deutschen Brüderstämme.
Der Nord und Süd reicht freudig sich die Hand
Und schwört in Einigkeit, sich nicht zu trennen.
Ein Brudervolk! — Und allen zieht voran
Der edle Greis, der Kaiserkrone wert!

Robert.

Fast möcht' dem hohen Glücke gram ich sein.
Der Krieg ist aus, da Frankreichs Kaiserthron
In Stücke fiel und die Armeen gefangen.
Die Arbeit ist gethan; den Ozean
Durchfuhr umsonst ich, um mit euch zu siegen.
Nun soll ich thatenlos beiseite steh'n.

Heinrich.

Ja, unsres Schwertes wird's nicht mehr bedürfen.

Direktor.

Laßt von des Tages Glanz euch nicht verblenden!
Wir kämpfen nicht mit jenem Frankenkaiser,
Der nun gebeugt vor unserm König steht.
Die Beutegier, die seit Jahrhunderten
Nach deutschen Landen frech die Augen hob,
Die gilt's zu brechen nun für alle Zeit.
Drum wird der Krieg noch nicht zu Ende sein,
Und manches teure Blut wird noch vergossen,
Eh' Friede wieder unserm Lande lacht.

Heinrich.

Nun denn, mit Gott ins Kampfgewühl hinaus!

Robert.

Leb' wohl, du edler Greis, und eh' wir zieh'n,
Gieb in die Schlacht uns deinen Segen mit.

Direktor.

Habt Dank, ihr Söhne, daß am hehren Tag,
Da Deutschlands Glück im Jubel aufersteht,
Ihr eurer alten Schule fromm gedacht.
Fürwahr das Höchste, was uns vorgeschwebt,
Wenn wir in strenger Zucht euch bildeten,
War's doch, ein stark Geschlecht von Heldensöhnen
Aufzuerziehn, bereit, sein junges Leben
Fürs Vaterland mit Freuden hinzugeben.
Zieht denn hinaus den blutgedüngten Pfad!
Ich flehe zum Allmächtigen: Im Schlachtensturme
Sei stets ein Engel nah', der euch beschützt!
Kehrt siegreich heim, und bringt dem Vaterlande
Den süßen Frieden, den es sich ersehnt.
Doch unserm Fürsten werd' zum Siegeslohne
Des Reiches Herrschaft und die Kaiserkrone.

Heinrich, Robert.

Lebt wohl, lebt wohl!

Direktor.

Kehrt glücklich heim!

Alle (außer H. und R.).

Kehrt glücklich heim.

Direktor.

Und nun, ihr Knaben, singt das mächt'ge Lied,
Dem oft wir unser Sehnen anvertraut!
Heut' mag's die Brüder in den Kampf geleiten!
Stimmt an das Lied von Deutschland!

7*

Alle (unisono mit dem Orchester).

Deutschland, Deutschland über alles,
über alles in der Welt,
Wenn es stets zu Schutz und Trutze
Brüderlich zusammenhält.
Von der Maas bis an den Memel,
Von den Alpen bis zum Belt:
Deutschland, Deutschland über alles,
über alles in der Welt.

Ende des dritten Bildes.

Der Vorhang schließt sich.

Nachspiel.

Der Roland und der Festgenosse treten wieder vor.

Festgenosse.

O edler Geist! Wie soll ich danken dir?
Dreihundert Jahre ließest du mich schaun.
Ich hab' gesehn wie Saldria entstand,
Was alles sie erfuhr in Freud' und Leid,
Wie frohe Jugend drin sich stets getummelt,
Wie würd'ge Lehrer sie zum Guten führten,
Und wie die hehrste Frucht der Saat entsproß,
Die heil'ge Glut, fürs Vaterland zu sterben.
Wofür die Jünglinge gekämpft, errungen
Ist es, und froh begeht die Saldria
Ihr Jubelfest im jungen Kaiserreich,
Das alle deutschen Stämme nun vereint.

Roland.

Ja! jubelnd grüßt der Ries' die neue Zeit,
Die alte Herrlichkeit uns wiederbringt.

Festgenosse.

Wie ist das Herz mir voll! Ein mächtig Sehnen
Hat die Erscheinung in der Brust entfacht.
Ist alles schon entflogen? Kann ich nimmer,
Was ich erschaute, fest im Busen bannen,
Daß allzeit ich im Reich der Geister weilte
Und sel'ge Zwiesprach hielte! Hoher Held!
Zu jäh ist's, wieder in den Staub zu sinken.
Entflieh mir nicht! O hör' mein heißes Flehn!

Roland.

Die mitternächt'ge Zeit verrinnt, in der es
Dem Geist vergönnt, die Gassen zu durchschreiten.
Von hinnen muß ich, und ein ernst Gebot
Treibt mich, zu hüten meinen alten Platz.
Doch rührt mich tief dein sehnsuchtsvoller Ruf!
So blick' noch einmal in das Geisterreich
Und biet' ihm einen letzten Scheidegruß!
Schwebt, Schatten, auf!

(Der Vorhang erhebt sich. Auf einer Treppe die Personen der drei Bilder
malerisch zu Gruppen geordnet, links das 16. Jahrhundert, rechts das 18.,
in der Mitte die neue Zeit; Heinrich Bürger die Fahne der Salbria
schwingend, neben ihm der Direktor und Robert Jäger.)

Sieh', drei Jahrhunderte,
Sie reichen sich zu schönem Bund die Hände,
Um Salbriens stolzes Banner rings geschart.
Zum Himmel schwingen sie's und mahnen dich:
Wahr' ihm die Treue, wie wir alle einst! —
So flieg,' du Fahne, deiner Schar voran
Und führe sie zum Guten, Wahren, Schönen! —
Heil dir, o Salbria! Die neue Zeit
Sei segensvoll, wie die Vergangenheit!
Und wenn dereinst nach hundertjähr'ger Frist
Der Roland wiederum die Schule grüßt,
Find' er wie heute sie im Blütenglanz
Der Stadt zum Heil, zum Ruhm des Vaterlands.

(Das Orchester fällt ein und spielt in voller Besetzung die alte Volksweise,
welche der Schülerchor im ersten Bilde sang. Die Schlußgruppe bleibt unter
bengalischer Beleuchtung noch einige Zeit sichtbar.)

Ende des Festspiels.

Druck von Heſe & Becker in Leipzig.